新 高 中 會 考 必 讀 （ 文 學 ）

沈從文作品選

◎ 汪曾祺 編

三聯書店（香港）有限公司

責任編輯　　舒　非

裝幀設計　　鍾文君

書　　名　新高中會考必讀（文學）· 沈從文作品選

編　　者　汪曾祺

出　　版　三聯書店（香港）有限公司

　　　　　　香港鰂魚涌英皇道 1065 號 1304 室

　　　　　　JOINT PUBLISHING (H.K.) CO., LTD.

　　　　　　Rm. 1304, 1065 King's Road, Quarry Bay, Hong Kong

發　　行　香港聯合書刊物流有限公司

　　　　　　香港新界大埔汀麗路 36 號 3 字樓

　　　　　　SUP PUBLISHING LOGISTICS (HK) LTD.

　　　　　　3/F., 36 Ting Lai Road, Tai Po, N.T., Hong Kong

印　　刷　深圳市恆特美印刷有限公司

　　　　　　深圳市寶安區龍華民治橫嶺村恆特美印刷工業園

版　　次　2006 年 7 月香港第一版第一次印刷

　　　　　　2011 年 8 月香港第一版第二次印刷

規　　格　大 32 開（137 × 210mm）228 面

國際書號　ISBN 978-962-04-2561-5

　　　　　　© 2006 Joint Publishing (H.K.) Co., Ltd.

　　　　　　Published in Hong Kong

總序　放眼天下，志在四方

　　香港教育統籌局為《改革高中及高等教育學制——對未來的投資》，印製了諮詢文件，在 2004 年 10 月至 2005 年 1 月期間分發業界徵求意見。在新高中學制下，中國語文連同英國語文，數學和通識教育組成四個核心科目。

　　在電視新聞節目前播放的國歌影像中，你大概注意到"心繫家國，志在四方"的字樣。站在中國語文教育的觀點看，需要加重"投資"的項目，理應是"志在四方"。"月是故鄉明"，心繫家國，人之常情。香港學子，生於斯、食於斯，在本地受完教育後可以找到合適的工作，不用離鄉背井，向來是大多數人的願望。但時移勢易，相信今日香港青年早已認識到，因全球化引起的社會和經濟結構變化，說不定他們將來也要覓食他鄉。

　　如果要謀生的地方是中國大陸，那麼我們得馬上做準備功夫，多把時間"投資"在中國語文上。大陸同胞說的是普通話，書寫的是"白話文"。我在白話文三字打上引號，用意在說明在中國大陸流行的白話文，有別於香港"八卦傳媒"專用的"白話文"。在大陸文本出現的"溝"，說的要麼是"水道"，要麼是"溝通"，跟沾花惹草行為拉不上任何關係。

　　香港同學日常接觸以方言和俗語為媒介的刊物多了，怕的是到大陸去打工時，滿口"港式白話"，甚至不知不覺的在文件上把人家公司的 CEO 說成"揸弗人"，那就壞事了。香港是廣東人世代聚居的地方，報章雜誌出於生意上的考慮，今後大概還會繼續用"港式白話"去吸引讀者。形勢既然改變不了，"志在四方"的同學惟有自求多福。多讀中國現當代經典文學名著，從中吸取可放諸四海而皆準的中文表達能力，是最實際也最可行的辦法。

單從學習語文的效益着想，選讀作品的標準應以文字的感染力為先決條件。有感染力，你才會耐心看下去。多讀、細讀，自會產生潛移默化的效果，日後自己動筆寫作時，心中也有個分寸，懂得"國語"與港式白話文原來是兩個不同的書寫傳統。

香港三聯書店為了配合教統局"教改"的構想，編製了《新高中會考必讀（文學）》系列，極切時需。像魯迅、沈從文和老舍這些經典大家，"志在四方"的香港青年應該熟讀，不但在中國語文和中文創作的考試中可望取得好成績，而且對個人文學修養也大有益處。將來如果在大陸上班，遇到生意人，粗通文墨的，你們聊天時，也因此有一個共同的話題。

教統局的諮詢文件把文學創作列為選修科目中一個單元，旨在通過感情**"創作或改編文學作品，讓學生享受創作的愉悅，抒發個人的思想感情。"**寫作其實是訓練思考和分析能力的最佳門徑。有謂"事非經過不知難"，確有道理。像〈病〉或〈理髮〉這種題目，任誰都可以執筆為文，因為我們都有過生病和理髮的經驗。可是自己挖空心思後，再拿出梁實秋的《雅舍小品》來看，說不定會發現自己寫的，就文字的表達能力和意象的經營而言，實在了無新意。自己在創作上有過嘔心瀝血的經驗，才會對別人的成就心悅誠服。閱讀和寫作互相發明，由此可見。有志選修創作課的同學先要多讀詩書，因為胸無點墨的人寫出來的東西，直像癡人說夢。"放眼天下"的同學選讀文本時，應記得"取法乎上"這句老話。因此閱讀文學作品，須從經典入手。像魯迅、沈從文和曹禺這些在文字上自成天地的作家，你熟讀了，下筆便不同以往，肯定會有一番新的氣象。

以我教學多年經驗所得，除非你立志在大學主修文科，否則一個人的一生中，能有時間、心情和實際需要去閱讀文學作品的時期，就在中學這短短的幾年光陰。一上大學，本科的功課壓力，蓋地鋪天而來。除非你修通識教育的課程時，遇到一位醉心文學的老師；除非你確認文學作品能幫助你了解自己、認識人生，因而自動自發繼續追隨文學的"繆思"，否則實難想像你有衝勁再踏上文學的因緣路。香港兒女，放眼天下，志在四方，先從"語文增值"開始吧。

二〇〇六年元月三十一日

劉紹銘

識於嶺南大學

在長沙湖南賓館（1981 年 4 月，亞蓉攝）

北京寓所内（1980 年 7 月 4 日）

笑眯眯的沈从文

和夫人張兆和在廣州（1981 年）

伏案寫作的沈從文（1981 年，北京）

我的写作与水的关系

在我一面传来，我要借提到这水给我的种。印象，笔者海小，的河流，汪洋万顷的大海，美水对于我方过。极大的帮助，我学会用小。脑子去思索一切，全靠得是水，我对于宇宙认识得深一点，也靠得是水。

「孤独一点，在你拔少一切的时节，你就会慕视原来还有个你自己」这是一句真话。我看我自己好生活与思想，可以说是皆从孤独得来的。我的教育，也是从孤独中得来好。比我这更孤独，便任谁来对，水不能见闻。

年纪六岁七岁时节，私塾在我看来实在是个苦恼思的地方，我不能忍受那个窄的天地，逃避方法只有从逃学上爬过。经逃想好方法到学校以外。

前　言

沈從文是現代中國文學的大師。

他的一生很富於傳奇性。

他是鳳凰人。鳳凰是湘西（湖南西部）一個偏僻邊遠小城。小城
風景秀美，人情淳樸，但是地方很落後野蠻。統治小城的是地方的駐
軍，他們把殺人不當回事。有時一次可殺五十人，到處都掛的是人
頭。有時隊伍“清鄉”（下鄉捉土匪），回來時會有個孩子用小扁擔
挑着兩顆人頭。這人頭也許是他的叔父的，也許就是他的父親的。沈
先生就在這小城裡過了十幾年“痛苦怕人”的生活。

沈先生有少數民族血統。《從文自傳》裡說：“祖父本無子息，
祖母為住鄉下的叔祖父沈洪芳娶了個苗族姑娘，生了兩個兒子，把老
二過房作兒子。”這個苗族女人實是沈先生的祖母。沈先生說：“我
照血統說，有一部分應屬於苗族。”後來沈先生在填寫履歷表時，在
“民族”一欄裡填的就是苗族。

也許正是因為他有少數民族血統，對他的成長產生很大影響：身
體雖然瘦小，性格卻極頑強。

沈先生從小當兵，在沅水邊走過很多地方。

“五四運動”的浪潮波及到湘西，沈從文受到民主、自由思想的
影響，他想：不成！不能就這樣糊裡糊塗地活下去。於是一個人冒冒
失失地闖進了北京（當時叫北平）。

他小學都沒有畢業，連標點符號都不會，就想用一枝筆打出一

個天下。他住在酉西會館（清代以前，各地在北京都有“會館”，免費供進京應試的舉子居住）。經常為找點東西“消化消化”而發愁。北京冬天很冷（冷到零下二十幾度），沈先生卻穿了很單薄的衣裳過冬。沒有錢買煤，生不起火，沈先生就用棉被裹着，堅持寫作。

（香港的同學，你們大概很難想像這種滋味！）

他真的用一枝筆打出了天下。從二十年代初到四十年代末，他寫出了幾十本小說和散文，成了當時在青年中最受歡迎的作家之一。

沈從文熱愛家鄉，五百里長的沅水兩岸的山山水水，在他的筆下是那樣秀美鮮明，使人難忘。

他愛家鄉人，他愛各種善良真實的人。他從審美的角度看家鄉人，並不用世俗的道德觀念對他們苛求責備。他說他對農民和士兵懷了“不可言說的溫愛”。他寫水邊的妓女，寫多情的水手。他特別擅長寫天真、美麗、聰明、純潔的農村少女，創造了一系列農村少女的形象：三三、翠翠、夭夭、蕭蕭……。

他的敘述方法是多樣的，試驗過多種結構式樣。可以全篇用對話組成，也可以一句對話也沒有。

他是一個文體家。他的語言是很獨特的。基本上用的是以普通話為基礎的口語，但是摻雜了文言文和方言。他說他的文字是“文白夾雜”。但是看起來很順暢，並不彆扭。有的評論家說這是“沈從文體”。這種“沈從文體”影響了很多青年作家。

一九四九年以後，沈先生忽然停止了寫作，轉而從事文物研究。他在文物研究上取得很大的成績，出了好幾本書。於是我們得

到一個優秀的物質文化史的專家，卻失去了一個無與倫比的天才的偉大作家。〔1〕

汪曾祺

一九九四年七月

―――――――――

　　〔1〕關於沈先生的轉業，我曾寫過一篇《沈從文轉業之謎》，可參看。

目　錄

| 邊　城 |

一

　　由四川過湖南去，靠東有一條官路。這官路將近湘西邊境到了一個地方名為"茶峒"[1]的小山城時，有一小溪，溪邊有座白色小塔，塔下住了一戶單獨的人家。這人家只一個老人，一個女孩子，一隻黃狗。

　　小溪流下去，繞山岨流，約三里便匯入茶峒的大河。人若過溪越小山走去，則只一里路就到了茶峒城邊。溪流如弓背，山路如弓弦，故遠近有了小小差異。小溪寬約二十丈，河床為大片石頭作成。靜靜的水即或深到一篙不能落底，卻依然清澈透明，河中游魚來去皆可以計數。小溪既為川湘來往孔道，水常有漲落，限於財力不能搭橋，就安排了一隻方頭渡船。這渡船一次連人帶馬，約可以載二十位搭客過河，人數多時則反覆來去。渡船頭豎了一枝小小竹竿，掛着一個可以活動的鐵環，溪岸兩端水槽牽了一段廢纜，有人過渡時，把鐵環掛在廢纜上，船上人就引手攀緣那條纜索，慢慢的牽船過對岸去。船將攏岸了，管理這渡船的，一面口中嚷着"慢點慢點"，自己霍的躍上了岸，拉着鐵環，於是人貨牛馬全上了岸，翻過小山不見了。渡頭為公家所有，故過渡人不必出錢。有人心中不安，抓了一把錢擲到船板上時，管渡船的必為一一拾起，依然塞到那人手心裡去，儼然吵嘴時的認真神氣："我有了口糧，三斗米，七百錢，夠了。誰要這個！"

但不成，凡事求個心安理得，出氣力不受酬誰好意思，不管如何還是有人把錢的。管船人卻情不過，也為了心安起見，便把這些錢託人到茶峒去買茶葉和草煙，將茶峒出產的上等草煙，一紮一紮掛在自己腰帶邊，過渡的誰需要這東西必慷慨奉贈。有時從神氣上估計那遠路人對於身邊草煙引起了相當的注意時，便把一小束草煙紮到那人包袱上去，一面說，「不吸這個嗎，這好的，這妙的，味道蠻好，送人也合式！」茶葉則在六月裡放進大缸裡去，用開水泡好，給過路人解渴。

管理這渡船的，就是住在塔下的那個老人。活了七十年，從二十歲起便守在這小溪邊，五十年來不知把船來去渡了若干人。年紀雖那麼老了，本來應當休息了，但天不許他休息，他彷彿便不能夠同這一分生活離開。他從不思索自己的職務對於本人的意義，只是靜靜的很忠實的在那裡活下去。代替了天，使他在日頭升起時，感到生活的力量，當日頭落下時，又不至於思量與日頭同時死去的，是那個伴在他身旁的女孩子。他唯一的朋友為一隻渡船與一隻黃狗，唯一的親人便只那個女孩子。

女孩子的母親，老船夫的獨生女，十五年前同一個茶峒軍人，很秘密的背着那忠厚爸爸發生了曖昧關係。有了小孩子後，這屯戍軍士便想約了她一同向下游逃去。但從逃走的行為上看來，一個違悖[2]了軍人的責任，一個卻必得離開孤獨的父親。經過一番考慮後，軍人見她無遠走勇氣，自己也不便毀去作軍人的名譽，就心想：一同去生既無法聚首，一同去死當無人可以阻攔，首先服了毒。女的卻關心腹中的一塊肉，不忍心，拿不出主張。事情業已為作渡船夫的父親知道，父親卻不加上一個有分量的字眼兒，只作為並不聽到過這事情一樣，仍然把日子很平靜的過下去。女兒一面懷了羞慚一面卻懷了憐憫，仍守在父親身邊，待到腹中小孩生下後，卻到溪邊吃了許多冷水死去了。在一種近於奇蹟中，這遺孤居然已長大成人，一轉眼間便十三歲了。為了住處兩山多篁竹，翠色逼人而來，老船夫隨便為這可憐的孤雛拾取了一個近身的名字，叫作“翠翠”。

翠翠在風日裡長養着，把皮膚變得黑黑的，觸目為青山綠水，一對眸子清明如水晶。自然既長養她且教育她，為人天真活潑，處處儼然如一隻小獸物。人又那麼乖，如山頭黃麂[3]一樣，從不想到殘忍事情，從不發愁，從不動氣。平時在渡船上遇陌生人對她有所注意時，便把光光的眼睛瞅着那陌生人，作成隨時皆可舉步逃入深山的神氣，但明白了人無機心後，就又從從容容的在水邊玩耍了。

老船夫不論晴雨，必守在船頭。有人過渡時，便略彎着腰，兩手緣引了竹纜，把船橫渡過小溪。有時疲倦了，躺在臨溪大石上睡着了，人在隔岸招手喊過渡，翠翠不讓祖父起身，就跳下船去，很敏捷的替祖父把路人渡過溪，一切皆溜刷在行，從不誤事。有時又和祖父黃狗一同在船上，過渡時和祖父一同動手，船將近岸邊，祖父正向客人招呼：“慢點，慢點”時，那隻黃狗便口銜繩子，最先一躍而上，且儼然懂得如何方為盡職似的，把船繩緊銜着拖船攏岸。

風日清和的天氣，無人過渡，鎮日長閒，祖父同翠翠便坐在門前大岩石上曬太陽。或把一段木頭從高處向水中拋去，嗾使身邊黃狗自岩石高處躍下，把木頭銜回來。或翠翠與黃狗皆張着耳朵，聽祖父說些城中多年以前的戰爭故事。或祖父同翠翠兩人，各把小竹作成的豎笛，逗在嘴邊吹着迎親送女的曲子。過渡人來了，老船夫放下了竹管，獨自跟到船邊去，橫溪渡人，在岩上的一個，見船開動時，於是銳聲喊着：

"爺爺，爺爺，你聽我吹，你唱！"

爺爺到溪中央便很快樂的唱起來，啞啞的聲音同竹管聲振蕩在寂靜空氣裡，溪中彷彿也熱鬧了一些。（實則歌聲的來復，反而使一切更寂靜一些了。）

有時過渡的是從川東過茶峒的小牛，是羊群，是新娘子的花轎，翠翠必爭着作渡船夫，站在船頭，懶懶的攀引纜索，讓船緩緩的過去。牛羊花轎上岸後，翠翠必跟着走，站到小山頭，目送這些東西走去很遠了，方回轉船上，把船牽靠近家的岸邊。且獨自低低的學小羊叫着，學母牛叫着，或採一把野花縛在頭上，獨自裝扮新娘子。

茶峒山城只隔渡頭一里路，買油買鹽時，逢年過節祖父得喝一杯酒時，祖父不上城，黃狗就伴同翠翠入城裡去備辦東西。到了賣雜貨的舖子裡，有大把的粉條，大缸的白糖，有炮仗，有紅蠟燭，莫不給翠翠很深的印象，回到祖父身邊，總把這些東西說個半天。那裡河邊還有許多上行船，百十船夫忙着起卸百貨。這種船隻比起渡船來全大得多，有趣

6

味得多，翠翠也不容易忘記。

二

　　茶峒地方憑水依山築城，近山的一面，城牆如一條長蛇，緣山爬去。臨水一面則在城外河邊留出餘地設碼頭，灣泊小小篷船。船下行時運桐油青鹽，染色的梩子。上行則運棉花棉紗以及布匹雜貨同海味。貫串各個碼頭有一條河街，人家房子多一半着陸，一半在水，因為餘地有限，那些房子莫不設有吊腳樓[4]。河中漲了春水，到水逐漸進街後，河街上人家，便各用長長的梯子，一端搭在屋檐口，一端搭在城牆上，人人皆罵着嚷着，帶了包袱、鋪蓋、米缸，從梯子上進城裡去，水退時方又從城門口出城。某一年水若來得特別猛一些，沿河吊腳樓必有一處兩處為大水沖去，大家皆在城上頭呆望。受損失的也同樣呆望着，對於所受的損失彷彿無話可說，與在自然安排下，眼見其他無可挽救的不幸來時相似。漲水時在城上還可望着驟然展寬的河面，流水浩浩蕩蕩，隨同山水從上流浮沉而來的有房子、牛、羊、大樹。於是在水勢較緩處，稅關蕽船前面，便常常有人駕了小舢板，一見河心浮沉而來的是一匹牲畜，一段小木，或一隻空船，船上有一個婦人或一個小孩哭喊的聲音，便急急的把船槳去，在下游一些迎着了那個目的物，把它用長繩繫定，再向岸邊槳去。這些誠實勇敢的人，也愛利，也仗義，同一般當地人相似。不拘救人救物，卻同樣在一種愉快冒險行為中，

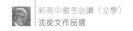

做得十分敏捷勇敢，使人見及不能不為之喝彩。

　　那條河水便是歷史上知名的酉水，新名字叫作白河。白河下游到辰州與沅水匯流後，便略顯渾濁，有出山泉水的意思。若溯流而上，則三丈五丈的深潭皆清澈見底。深潭為白日所映照，河底小小白石子，有花紋的瑪瑙石子，全看得明明白白。水中游魚來去，全如浮在空氣裡。兩岸多高山，山中多可以造紙的細竹，長年作深翠顏色，逼人眼目。近水人家多在桃杏花裡，春天時只需注意，凡有桃花處必有人家，凡有人家處必可沽酒。夏天則曬晾在日光下耀目的紫花布衣褲[5]，可以作為人家所在的旗幟。秋冬來時，房屋在懸崖上的，濱水的，無不朗然入目。黃泥的牆，烏黑的瓦，位置則永遠那麼妥貼，且與四圍環境極其調和，使人迎面得到的印象，實在非常愉快。一個對於詩歌圖畫稍有興味的旅客，在這小河中，蜷伏於一隻小船上，作三十天的旅行，必不至於感到厭煩，正因為處處有奇蹟，自然的大膽處與精巧處，無一處不使人神往傾心。

　　白河的源流，從四川邊境而來，從白河上行的小船，春水發時可以直達川屬的秀山。但屬於湖南境界的，則茶峒為最後一個水碼頭。這條河水的河面，在茶峒時雖寬約半里，當秋冬之際水落時，河床流水處還不到二十丈，其餘只是一灘青石。小船到此後，既無從上行，故凡川東的進出口貨物，皆由這地方落水起岸。出口貨物俱由腳夫用杉木扁擔壓在肩膊上挑抬而來，入口貨物也莫不從這地方成束成擔的用人力搬去。

　　這地方城中只駐紮一營由昔年綠營屯丁改編而成的戍兵，及五百家左右的住戶。（這些住戶中，除了一部分擁有了些山田同油坊，或放賬屯油、屯米、屯棉紗的小資本家外，其餘多數皆為當年屯戍來此有軍籍的人家。）地方還有個厘金局[6]，辦事機關在城外河街下面小廟裡，經常掛着一面長長的幡信[7]。局長則住在城中。一營兵士駐紮老參將衙門，除了號兵每天上城吹號玩，使人知道這裡還駐有軍隊以外，其餘兵士皆彷彿並不存在。冬天的白日裡，到城裡去，便只見各處人家門前皆晾曬有衣服同青菜。紅薯多帶藤懸掛在屋檐下。用棕衣作成的口袋，裝滿了栗子榛子和其他硬殼果，也多懸掛在屋檐下。屋角隅各處有大小雞叫着玩着。間或有什麼男子，佔據在自己屋前門限上鋸木，或用斧頭劈樹，把劈好的柴堆到敞坪裡去一座一座如寶塔。又或可以見到幾個中年婦人，穿了漿洗得極硬的藍布衣裳，胸前掛有白布扣花圍裙，躬着腰在日光下一面說話一面作事。一切總永遠那麼靜寂，所有人民每個日子皆在這種單純寂寞裡過去。一分安靜增加了人對於“人事”的思索力，增加了夢。在這小城中生存的，各人也一定皆各在分定一份日子裡，懷了對於人事愛憎必然的期待。但這些人想些什麼？誰知道。住在城中較高處，門前一站便可以眺望對河以及河中的景致，船來時，遠遠的就從對河灘上看着無數縴夫。那些縴夫也有從下游地方，帶了細點心洋糖之類，攏岸時卻拿進城中來換錢的。船來時，小孩子的想像，當在那些拉船人一方面。大人呢，孵一巢小雞，養兩隻豬，託下行船夫打副金耳環，帶兩丈官青布或一罐好醬油、一個雙料的美孚燈罩[8]回來，便佔去了大部分作主婦的心了。

這小城裡雖那麼安靜和平，但地方既為川東商業交易接頭處，因此城外小小河街，情形卻不同了一點。也有商人落腳的客店，坐鎮不動的理髮館。此外飯店、雜貨舖、油行、鹽棧、花衣莊，莫不各有一種地位，裝點了這條河街。還有賣船上用的檀木活車、竹纜與罐鍋舖子，介紹水手職業吃碼頭飯的人家。小飯店門前長案上，常有煎得焦黃的鯉魚豆腐，身上裝飾了紅辣椒絲，臥在淺口鉢頭裡，鉢旁大竹筒中插着大把紅筷子，不拘誰個願意花點錢，這人就可以傍了門前長案坐下來，抽出一雙筷子到手上，那邊一個眉毛扯得極細臉上擦了白粉的婦人就走過來問："大哥，副爺，要甜酒？要燒酒？"男子火焰高一點的，諧趣的，對內掌櫃有點意思的，必裝成生氣似的說："吃甜酒？又不是小孩，還問人吃甜酒！"那麼，釅冽的燒酒，從大甕裡用竹筒舀出，倒進土碗裡，即刻就來到身邊案桌上了。雜貨舖賣美孚油及點美孚油的洋燈，與香燭紙張。油行屯桐油。鹽棧堆火井出的青鹽。花衣莊則有白棉紗、大布、棉花以及包頭的黑縐綢出賣。賣船上用物的，百物羅列，無所不備，且間或有重至百斤以外的鐵錨擱在門外路旁，等候主顧問價的。專以介紹水手為事業，吃水碼頭飯的，則在河街的家中，終日大門敞開着，常有穿青羽緞馬褂的船主與毛手毛腳的水手進出，地方像茶館卻不賣茶，不是煙館又可以抽煙。來到這裡的，雖說所談的是船上生意經，然而船隻的上下，划船拉縴人大都有一定規矩，不必作數目上的討論。他們來到這裡大多數倒是在“聯歡”。以“龍頭管事”作中心，談論點本地時事，兩省商務上情形，以及下游的“新事”。邀會的，集款時大多數皆在此地，扒骰子看點數多少輪作會首時，也常常在此舉行。真真成為他們生意經的，有兩件事：買賣船隻，買賣媳婦。

大都市隨了商務發達而產生的某種寄食者，因為商人的需要，水手的需要，這小小邊城的河街，也居然有那麼一群人，聚集在一些有吊腳樓的人家。這種婦人不是從附近鄉下弄來，便是隨同川軍來湘流落後的婦人，穿了假洋綢的衣服，印花標布的褲子，把眉毛扯得成一條細線，大大的髮髻上敷了香味極濃俗的油類，白日裡無事，就坐在門口做鞋子，在鞋尖上用紅綠絲線挑繡雙鳳，或為情人水手挑繡花抱兜，一面看過往行人，消磨長日。或靠在臨河窗口上看水手起貨，聽水手爬桅子唱歌。到了晚間，則輪流的接待商人同水手，切切實實盡一個妓女應盡的義務。

由於邊地的風俗淳樸，便是作妓女，也永遠那麼渾厚，遇不相熟的人，做生意時得先交錢，再關門撒野，人既相熟後，錢便在可有可無之間了。妓女多靠四川商人維持生活，但恩情所結，則多在水手方面。感情好的，互相咬着嘴唇咬着頸脖發了誓，約好了“分手後各人皆不許胡鬧”，四十天或五十天，在船上浮着的那一個，同留在岸上的這一個，便皆呆着打發這一堆日子，盡把自己的心緊緊縛定遠遠的一個人。尤其是婦人感情真摯，痴到無可形容，男子過了約定時

間不回來，做夢時，就總常常夢船攏了岸，一個人搖搖蕩蕩
的從船跳板到了岸上，直向身邊跑來。或日中有了疑心，則
夢裡必見男子在桅上向另一方面唱歌，卻不理會自己。性格
弱一點兒的，接着就在夢裡投河吞鴉片煙，性格強一點兒的
便手執菜刀，直向那水手奔去。他們生活雖那麼同一般社會
疏遠，但是眼淚與歡樂，在一種愛憎得失間，揉進了這些人
生活裡時，也便同另外一片土地另外一些年輕生命相似，全
個身心為那點愛憎所浸透，見寒作熱，忘了一切。若有多少
不同處，不過是這些人更真切一點，也更近於糊塗一點罷
了。短期的包定，長期的嫁娶，一時間的關門，這些關於一
個女人身體上的交易，由於民情的淳樸，身當其事的不覺得
如何下流可恥，旁觀者也就從不用讀書人的觀念，加以指摘
與輕視。這些人既重義輕利，又能守信自約，即便是娼妓，
也常常較之講道德知羞恥的城市中人還更可信任。

　　掌水碼頭的名叫順順，一個前清時便在營伍中混過日子
來的人物，革命時在著名的陸軍四十九標做個什長。同樣做什
長的，有因革命成了偉人名人的，有殺頭碎屍的，他卻帶着少
年喜事得來的腳瘋痛，回到了家鄉，把所積蓄的一點錢，買了
一條六槳白木船，租給一個窮船主，代人裝貨在茶峒與辰州之
間來往。氣運好，半年之內船不壞事，於是他從所賺的錢上，
又討了一個略有產業的白臉黑髮小寡婦。數年後，在這條河
上，他就有了大小四隻船，一個妻子，兩個兒子了。

　　但這個大方灑脫的人，事業雖十分順手，卻因歡喜交朋
結友，慷慨而又能濟人之急，便不能同販油商人一樣大大發

作起來。自己既在糧子裡混過日子[9]，明白出門人的甘苦，理解失意人的心情，故凡因船隻失事破產的船家，過路的退伍兵士，遊學文墨人，凡到了這個地方聞名求助的，莫不盡力幫助。一面從水上賺來錢，一面就這樣灑脱散去。這人雖然腳上有點小毛病，還能泅水；走路難得其平，為人卻那麼公正無私。水面上各事原本極其簡單，一切皆為一個習慣所支配，誰個船碰了頭，誰個船妨害了別一個人別一隻船的利益，皆照例有習慣方法來解決。唯運用這種習慣規矩排調一切的，必需一個高年碩德的中心人物。某年秋天，那原來執事人死去了，順順作了這樣一個代替者。那時他還只五十歲，為人既明事明理，正直和平，又不愛財，故無人對他年齡懷疑。

到如今，他的兒子大的已十八歲，小的已十六歲。兩個年青人皆結實如小公牛，能駕船，能泅水，能走長路。凡從小鄉城裡出身的年青人所能夠作的事，他們無一不作，作去無一不精。年紀較長的，如他們爸爸一樣，豪放豁達，不拘常套小節。年幼的則氣質近於那個白臉黑髮的母親，不愛説話，眼眉卻秀拔出群，一望即知其為人聰明而又富於感情。

兩兄弟既年已長大，必需在各種生活上來訓練他們，作父親的就輪流派遣兩個小孩子各處旅行。向下行船時，多隨了自己的船隻充夥計，甘苦與人相共。蕩槳時選最重的一把，背縴時拉頭縴二縴，吃的是乾魚，辣子，臭酸菜，睡的是硬幫幫的艙板。向上行從旱路走去，則跟了川東客貨，過秀山、龍潭、酉陽作生意，不論寒暑雨雪，必穿了草鞋按站趕路。且佩了短刀，遇不得已必需動手，便霍的把刀抽出，站到空闊處去，等候對面的一個，接着就同這個人用肉搏來解決。幫裡的風氣，既為"對付仇敵必需用刀，聯結朋友也必需用刀"，故需要刀時，他們也就從不讓它失去那點機會。學貿易，學應酬，學習到一個新地方去生活，且學習用刀保護身體同名譽，教育的目的，似乎在使兩個孩子學得做人的勇氣與義氣。一分教育的結果，弄得兩個人皆結實如老虎，卻又和氣親人，不驕惰，不浮華，不倚勢凌人，故父子三人在茶峒邊境上為人所提及時，人人對這個名姓無不加以一種尊敬。

作父親的當兩個兒子很小時，就明白大兒子一切與自己相似，卻稍稍見得溺愛那第二個兒子。由於這點不自覺的私心，他把長子取名天保，次子取名儺送〔10〕。意思是天保佑的在人事上或不免有齟齬處，至於儺神所送來的，照當地習氣，人便不能稍加輕視了。儺送美麗得很，茶峒船家人拙於讚揚這種美麗，只知道他取出一個諢名為"岳雲"〔11〕。雖無什麼人親眼看到過岳雲，一般的印象，卻從戲台上小生岳雲，得來一個相近的神氣。

三

兩省接壤處，十餘年來主持地方軍事的，注重在安緝保守，處置還得法，並無變故發生。水陸商務既不至於受戰爭停頓，也不至於為土匪影響，一切莫不極有秩序，人民也莫不安分樂生。這些人，除了家中死了牛，翻了船，或發生別的死亡大變，為一種不幸所絆倒覺得十分傷心外，中國其他地方正在如何不幸掙扎中的情形，似乎就永遠不會為這邊城人民所感到。

邊城所在一年中最熱鬧的日子，是端午，中秋和過年。三個節日過去三五十年前如何興奮了這地方人，直到現在，還毫無什麼變化，仍能成為那地方居民最有意義的幾個日子。

端午日，當地婦女小孩子，莫不穿了新衣，額角上用雄黃蘸酒畫了個王字。任何人家到了這天必可以吃魚吃肉。大約上午十一點鐘左右，全茶峒人就吃了午飯，把飯吃過後，在城裡住家的，莫不倒鎖了門，全家出城到河邊看划船。河街有熟人的，可到河街吊腳樓門口邊看，不然就站在稅關門口與各個碼頭上看。河中龍船以長潭某處作起點，稅關前作終點。作比賽競爭。因為這一天軍官稅官以及當地有身份的人，莫不在稅關前看熱鬧。划船的事各人在數天以前就早有了準備，分組分幫各自選出了若干身體結實手腳伶俐的小夥子，在潭中練習進退。船隻的形式，與平常木船大不相同，形體一律又長又狹，兩頭高高翹起，船身繪着朱紅顏色長線，平常時節多擱在河邊乾燥洞穴裡，要用它時，拖下水去。每隻船可坐十二個到十八個槳手，一個帶頭的，一個鼓手，一個鑼手。槳手每人持一支短槳，隨了鼓聲緩促為節拍，把船向前划去。坐在船頭上，頭上纏裹着紅布包頭，手上拿兩支小令旗，左右揮動，指揮船隻的進退。擂鼓打鑼的，多坐在船隻的中部，船一划動便即刻蓬蓬鐺鐺把鑼鼓很單純的敲打起來，為划槳水手調理下槳節拍。一船快慢既不得不靠鼓聲，故每當兩船競賽到劇烈時，鼓聲如雷鳴，加上兩岸人吶喊助威，便使人想起梁紅玉老鸛河時水戰擂鼓[12]，牛皋水擒楊幺[13] 時也是水戰擂鼓。凡把船划到前面一點的，必可在稅關前領賞，一匹紅，一塊小銀牌，不拘纏掛到船上某一個人頭上去，皆顯出這一船合作的光榮。好事的軍人，且當每次某一隻船勝利時，必在水邊放些表示勝利慶祝的五百響鞭炮。

賽船過後，城中的戍軍長官，為了與民同樂，增加這節日的愉快起見，便把三十隻綠頭長頸大雄鴨，頸脖上縛上紅布條子，放入河中，盡善於泅水的軍民人等，下水追趕鴨子。不拘誰把鴨子捉到，誰就成為這鴨子的主人。於是長潭換了新的花樣，水面各處是鴨子，各處有追趕鴨子的人。

船與船的競賽，人與鴨子的競賽，直到天晚方能完事。

掌水碼頭的龍頭大哥順順，年青時節便是一個泅水的高手，入水中去追逐鴨子，在任何情形下總不落空。但一到次子儺送年過十二歲時，已能入水閉氣泅着到鴨子身邊，再忽然從水中冒水而出，把鴨子捉到，這作爸爸的便解嘲似的說：「好，這種事有你們來作，我不必再下水了。」於是當真就不下水與人來競爭捉鴨子。但下水救人呢，當作別論。凡幫助人遠離患難，便是入火，人到八十歲，也還是成為這個人一種不可逃避的責任！

天保儺送兩人皆是當地泅水划船好選手。

　　端午又快來了，初五划船，河街上初一開會，就決定了屬於河街的那隻船當天入水。天保恰好在那天應向上行，隨了陸路商人過川東龍潭送節貨，故參加的就只儺送。十六個結實如牛犢的小夥子，帶了香燭、鞭炮、同一個用生牛皮蒙好繪有朱紅太極圖的高腳鼓，到了攔船的河上游山洞邊，燒了香燭，把船拖入水後，各人上了船，燃着鞭炮，擂着鼓，這船便如一枝箭似的，很迅速的向下游長潭射去。

　　那時節還是上午，到了午後，對河漁人的龍船也下了水，兩隻龍船就開始預習種種競賽的方法。水面上第一次聽到了鼓聲，許多人從這鼓聲中，感到了節日臨近的歡悅。住臨河吊腳樓對遠方人有所等待有所盼望的，也莫不因鼓聲想到遠人。在這個節日裡，必然有許多船隻可以趕回，也有許多船隻只合在半路過節，這之間，便有些眼目所難見的人事哀樂，在這小山城河街間，讓一些人嬉事，也讓一些人皺眉。

　　蓬蓬鼓聲掠水越山到了渡船頭那裡時，最先注意到的是那隻黃狗。那黃狗汪汪的吠着，受了驚似的繞屋亂走，有人過渡時，便隨船渡過河東岸去，且跑到那小山頭向城裡一方面大吠。

　　翠翠正坐在門外大石上用棕葉編蚱蜢蟋蟀玩，見黃狗先在太陽下睡着，忽然醒來便發瘋似的亂跑，過了河又回來，就問牠罵牠：

　　"狗，狗，你做什麼！不許這樣子！"

　　可是一會兒那聲音被她發現了，她於是也繞屋跑着，且

同黃狗一塊兒渡過了小溪，站在小山頭聽了許久，讓那點迷人的鼓聲，把自己帶到一個過去的節日裡去。

四

還是兩年前的事。五月端陽，渡船頭祖父找人作了代替，便帶了黃狗同翠翠進城，過大河邊去看划船。河邊站滿了人，四隻朱色長船在潭中滑着，龍船水剛剛漲過，河中水皆豆綠色，天氣又那麼明朗，鼓聲蓬蓬響着，翠翠抿着嘴一句話不說，心中充滿了不可言說的快樂。河邊人太多了一點，各人皆盡張着眼睛望河中，不多久，黃狗還在身邊，祖父卻擠得不見了。

翠翠一面注意划船，一面心想“過不久祖父總會找來的”。但過了許久，祖父還不來，翠翠便稍稍有點兒着慌了。先是兩人同黃狗進城前一天，祖父就問翠翠：“明天城裡划船，倘若一個人去看，人多怕不怕？”翠翠就說：“人多我不怕，但自己只是一個人可不好玩。”於是祖父想了半天，方想起一個住在城中的老熟人，趕夜裡到城裡去商量，請那老人來看一天渡船，自己卻陪翠翠進城玩一天。且因為那人比渡船老人更孤單，身邊無一個親人，也無一隻狗，因此便約好了那人早上過家中來吃飯，喝一杯雄黃酒。第二天那人來了，吃了飯，把職務委託那人以後，翠翠等便進了城。到路上時，祖父想起什麼似的，又問翠翠，“翠翠，翠翠，人那麼多，好熱鬧，你一個人敢到河邊看龍船嗎？”翠翠說：「怎麼不敢？可是一個人有什麼意思。」到了河邊後，長潭裡的四隻紅船，把翠翠的注意力完全佔去了，身邊祖父似乎也可有可無了。祖父心想：「時間還早，到收場時，至少還得三個時刻。溪邊的那個朋友，也應當來看看年青人的熱鬧，回去一趟，換換地位還趕得及。」因此就告翠翠，「人太多了，站在這裡看，不要動，我到別處去有事情，無論如何總趕得回來伴你回家。」翠翠正為兩隻競速併進的船迷着，祖父說的話毫不思索就答應了。祖父知道黃狗在翠翠身邊，也許比他自己在她身邊還穩當，於是便回家看船去了。

　　祖父到了那渡船處時，見代替他的老朋友，正站在白塔下注意聽遠處鼓聲。

　　祖父喊他，請他把船拉過來，兩人渡過小溪仍然站到白塔下去。那人問老船夫為什麼又跑回來，祖父就說想替他一會兒故把翠翠留在河邊，自己趕回來，好讓他也過河邊去看看熱鬧，且說，「看得好，就不必再回來，只須見了翠翠告她一聲，翠翠到時自會回家的。小丫頭不敢回家，你就伴她走走！」但那替手對於看龍船已無什麼興味，卻願意同老船夫在這溪邊大石上各自再喝兩杯燒酒。老船夫十分高興，把酒葫蘆取出，推給城中來的那一個。兩人一面談些端午舊事，一面喝酒，不到一會，那人卻在岩石上為燒酒醉倒了。

　　人既醉倒了，無從入城，祖父為了責任又不便與渡船離開，留在河邊的翠翠便不能不着急了。

　　河中划船的決了最後勝負後，城裡軍官已派人駕小船在潭中放了一群鴨子，祖父還不見來。翠翠恐怕祖父也正在什

麼地方等着她，因此帶了黃狗各處人叢中擠着去找尋祖父，
結果還是不得祖父的蹤跡。後來看看天快要黑了，軍人扛了
長凳出城看熱鬧的，皆已陸續扛了那凳子回家。潭中的鴨子
只剩下三五隻，捉鴨人也漸漸的少了。落日向上游翠翠家中
那一方落去，黃昏把河面裝飾了一層薄霧。翠翠望到這個景
致，忽然起了一個怕人的想頭，她想：“假若爺爺死了？”

　　她記起祖父囑咐她不要離開原來地方那一句話，便又為
自己解釋這想頭的錯誤，以為祖父不來必是進城去或到什麼
熟人處去，被人拉着喝酒，故一時不能來的。正因為這也是
可能的事，她又不願在天未斷黑以前，同黃狗趕回家去，只
好站在那石碼頭邊等候祖父。

　　再過一會，對河那兩隻長船已泊到對河小溪裡去不見
了，看龍船的人也差不多全散了。吊腳樓有娼妓的人家，已
上了燈，且有人敲小斑鼓彈月琴唱曲子。另外一些人家，又
有划拳行酒的吵嚷聲音。同時停泊在吊腳樓下的一些船隻，
上面也有人在擺酒炒菜，把青菜蘿蔔之類，倒進滾熱油鍋裡
去時發出吵——的聲音。河面已朦朦朧朧，看去好像只有一
隻白鴨在潭中浮着，也只剩一個人追着這隻鴨子。

　　翠翠還是不離開碼頭，總相信祖父會來找她，同她一起
回家。

　　吊腳樓上唱曲子聲音熱鬧了一些，只聽到下面船上有人
說話，一個水手說：“金亭，你聽你那婊子陪川東莊客喝酒
唱曲子，我賭個手指，說這是她的聲音！”另一個水手就
說：“她陪他們喝酒唱曲子，心裡可想我。她知道我在船

上！"先前那一個又説："身體讓別人玩着，心還想着你；你有什麼憑據？"另一個説："有憑據。"於是這水手吹着唿哨，作出一個古怪的記號，一會兒，樓上歌聲便停止了。歌聲停止後，兩個水手皆笑了。兩人接着便説了些關於那個女人的一切，使用了不少粗鄙字眼，翠翠很不習慣把這種話聽下去，但又不能走開。且聽水手之一説，樓上婦人的爸爸是在棉花坡被人殺死的，一共殺了十七刀。翠翠心中那個古怪的想頭，"爺爺死了呢？"便仍然佔據到心裡有一忽兒。

兩個水手還正在談話，潭中那隻白鴨慢慢的向翠翠所在的碼頭邊游來，翠翠想："再過來些我就捉住你！"於是靜靜的等着，但那鴨子將近岸邊三丈遠近時，卻有個人笑着，喊那船上水手。原來水中還有個人，那人已把鴨子捉到手，卻慢慢的"蹚水"游近岸邊的。船上人聽到水面的喊聲，在隱約裡也喊道："二老，二老，你真幹，你今天得了五隻吧。"那水上人説："這傢伙狡猾得很，現在可歸我了。""你這時捉鴨子，將來捉女人，一定有同樣的本領。"水上那一個不再説什麼，手腳併用的拍着水傍了碼頭。濕淋淋的爬上岸時，翠翠身旁的黃狗，彷彿警告水中人似的，汪汪的叫了幾聲，那人方注意到翠翠。碼頭上已無別的人，那人問：

"是誰？"

"是翠翠！"

"翠翠又是誰？"

"是碧溪岨撐渡船的孫女。"

"你在這兒做什麼？"

"我等我爺爺。我等他來好回家去。"

"等他來他可不會來，你爺爺一定到城裡軍營裡喝了酒，醉倒後被人抬回去了！"

"他不會。他答應來，他就一定會來的。"

"這裡等也不成。到我家裡去，到那邊點了燈的樓上去，等爺爺來找你好不好？"

翠翠誤會邀他進屋裡去那個人的好意，正記着水手說的婦人醜事，她以為那男子就是要她上有女人唱歌的樓上去，本來從不罵人，這時正因等候祖父太久了，心中焦急得很，聽人要她上去，以為欺侮了她，就輕輕的說：

"你個悖時砍腦殼的！"

話雖輕輕的，那男的卻聽得出，且從聲音上聽得出翠翠年紀，便帶笑說："怎麼，你罵人！你不願意上去，要呆在這兒，回頭水裡大魚來咬了你，可不要叫喊！"

翠翠說："魚咬了我也不管你的事。"

那黃狗好像明白翠翠被人欺侮了，又汪汪的吠起來。那男子把手中白鴨舉起，向黃狗嚇了一下，便走上河街去了。黃狗為了自己被欺侮還想追過去，翠翠便喊："狗，狗，你叫人也看人叫！"翠翠意思彷彿只在告給狗"那輕薄男子還不值得叫"，但男子聽去的卻是另外一種好意，男的以為是她要狗莫向好人叫，放肆的笑着，不見了。

又過了一陣，有人從河街拿了一個廢纜做成的火炬，喊叫着翠翠的名字來找尋她，到身邊時翠翠卻不認識那個人。那人說：老船夫回到家中，不能來接她，故搭了過渡人口信來，告翠翠要她即刻就回去。翠翠聽説是祖父派來的，就同那人一起回家，讓打火把的在前引路，黃狗時前時後，一同沿了城牆向渡口走去。翠翠一面走一面問那拿火把的人，是誰告他就知道她在河邊。那人説是二老告他的，他是二老家裡的夥計，送翠翠回家後還得回轉河街。

翠翠説：“二老他怎麼知道我在河邊？”

那人便笑着説：“他從河裡捉鴨子回來，在碼頭上見你，他説好意請你上家裡坐坐，等候你爺爺，你還罵過他！”

翠翠帶了點兒驚訝輕輕的問：“二老是誰？”

那人也帶了點兒驚訝説：“二老你都不知道？就是我們河街上的儺送二老！就是岳雲！他要我送你回去！”

儺送二老在茶峒地方不是一個生疏的名字！

翠翠想起自己先前罵人那句話，心裡又吃驚又害羞，再也不説什麼，默默的隨了那火把走去。

翻過了小山岨，望得見對溪家中火光時，那一方面也看見了翠翠方面的火把，老船夫即刻把船拉過來，一面拉船一面啞聲兒喊問：“翠翠，翠翠，是不是你？”翠翠不理會祖父，口中卻輕輕的説：“不是翠翠，不是翠翠，翠翠早被大河裡鯉魚吃去了。”翠翠上了船，二老派來的人，打着火把走了，祖父牽着船問：“翠翠，你怎麼不答應我，生我的氣了嗎？”

翠翠站在船頭還是不作聲。翠翠對祖父那一點兒埋怨，等到把船拉過了溪，一到了家中，看明白了醉倒的另一個老人後，就完事了。但另一件事，屬於自己不關祖父的，卻使

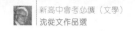

翠翠沉默了一個夜晚。

五

兩年日子過去了。

這兩年來兩個中秋節，恰好都無月亮可看，凡在這邊城地方，因看月而起整夜男女唱歌的故事，皆不能如期舉行，故兩個中秋留給翠翠的印象，極其平淡無奇。兩個新年卻照例可以看到軍營裡與各鄉來的獅子龍燈，在小教場迎春，鑼鼓喧闐很熱鬧。到了十五夜晚，城中舞龍耍獅子的鎮算兵士，還各自赤裸着肩膊，往各處去歡迎炮仗煙火。城中軍營裡，稅關局長公館，河街上一些大字號，莫不預先截老毛竹筒，或鏤空棕櫚樹根株，用洞硝拌和磺炭鋼砂，一千捶八百捶把煙火做好。好勇取樂的軍士，光赤着個上身，玩着燈打着鼓來了，小鞭炮如落雨的樣子，從懸到長竿尖端的空中落到玩燈的肩背上，鑼鼓催動急促的拍子，大家皆為這事情十分興奮。鞭炮放過一陣後，用長凳綁着的大筒燈火，在敞坪一端燃起了引線，先是嘶嘶的流瀉白光，慢慢的這白光便吼嘯起來，作出如雷如虎驚人的聲音，白光向上空衝去，高至二十丈，下落時便灑散着滿天花雨。玩燈的兵士，在火花中繞着圈子，儼然毫不在意的樣子。翠翠同他的祖父，也看過這樣的熱鬧，留下一個熱鬧的印象，但這印象不知為什麼原因，總不如那個端午所經過的事情甜而美。

翠翠為了不能忘記那件事，上年一個端午又同祖父到城邊河街去看了半天船，一切玩得正好時，忽然落了行雨，無人衣衫不被雨濕透。為了避雨，祖孫二人同那隻黃狗，走到順順吊腳樓上去，擠在一個角隅裡。有人扛凳子從身邊過去，翠翠認得那人是去年打了火把送她回家的人，就告給祖父：

"爺爺，那個人去年送我回家，他拿了火把走路時，真像個嘍羅！"

祖父當時不作聲，等到那人回頭又走過面前時，就一把抓住那個人，笑嘻嘻說：

"嗨嗨，你這個人！要你到我家喝一杯也不成，還怕酒裡有毒，把你這個真命天子毒死！"

那人一看是守渡船的，且看到了翠翠，就笑了。"翠翠，你長大了！二老說你在河邊大魚會吃你，我們這裡河中的魚，現在可吞不下你了。"

翠翠一句話不說，只是抿起嘴唇笑着。

這一次雖在這嘍羅長年口中聽到個"二老"名字，卻不曾見及這個人。從祖父與那長年談話裡，翠翠聽明白了二老是在下游六百里外青浪灘過端午的。但這次不見二老卻認識了"大老"，且見着了那個一地出名的順順。大老把河中的鴨子捉回家裡後，因為守渡船的老傢伙稱讚了那隻肥鴨兩次，順順就要大老把鴨子給翠翠。且知道祖孫二人所過的日子十分拮据，節日裡自己不能包粽子，又送了許多尖角粽子。

那水上名人同祖父談話時，翠翠雖裝作眺望河中景致，耳朵卻把每一句話聽得清清楚楚。那人向祖父説翠翠長得很美，問過翠翠年紀，又問有不有人家。祖父則很快樂的誇獎了翠翠不少，且似乎不許別人來關心翠翠的婚事，故一到這件事便閉口不談。

回家時，祖父抱了那隻白鴨子同別的東西，翠翠打火把引路。兩人沿城牆走去，一面是城，一面是水。祖父説："順順真是個好人，大方得很。大老也很好。這一家人都好！"翠翠説："一家人都好，你認識他們一家人嗎？"祖父不明白這句話的意思所在，因為今天太高興一點，便笑着説："翠翠，假若大老要你做媳婦，請人來做媒，你答應不答應？"翠翠就説："爺爺，你瘋了！再説我就生你的氣！"

祖父話雖不説了，心中卻很顯然的還轉着這些可笑的不好的念頭。翠翠着了惱，把火炬向路兩旁亂晃着，向前快快的走去了。

"翠翠，莫鬧，我摔到河裡去，鴨子會走脱的！"

"誰也不稀罕那隻鴨子！"

祖父明白翠翠為什麼事不高興，祖父便唱起搖櫓人駛船下灘時催櫓的歌聲，聲音雖然啞沙沙的，字眼兒卻穩穩當當毫不含糊。翠翠一面聽着一面向前走去，忽然停住了發問：

"爺爺，你的船是不是正在下青浪灘呢？"

祖父不説什麼，還是唱着，兩人皆記順順家二老的船正在青浪灘過節，但誰也不明白另外一個人的記憶所止處。祖孫二人便沉默的一直走還家中。到了渡口，那代理看船的，正把船泊在岸邊等候他們。幾人渡過溪到了家中，剝粽子

吃，到後那人要進城去，翠翠趕即為那人點上火把，讓他有
火把照路。人過了小溪上小山時，翠翠同祖父在船上望着，
翠翠說：

"爺爺，看嘍囉上山了啊！"

祖父把手攀引着橫纜，注目溪面的薄霧，彷彿看到了什
麼東西，輕輕的吁了一口氣。祖父靜靜的拉船過對岸家邊
時，要翠翠先上岸去，自己卻守在船邊，因為過節，明白一
定有鄉下人上城裡看龍船，還得乘黑趕回家去。

六

白日裡，老船夫正在渡船上同個賣皮紙的過渡人有所爭
持。一個不能接受所給的錢，一個卻非把錢送給老人不可。
正似乎因為那個過渡人送錢氣派，使老船夫受了點壓迫，這
撐渡船人就儼然生氣似的，迫着那人把錢收回，使這人不得
不把錢捏在手裡。但船攏岸時，那人跳上了碼頭，一手銅錢
向船艙裡一撒，卻笑眯眯的匆匆忙忙走了。老船夫手還得拉
着船讓別人上岸，無法去追趕那個人，就喊小山頭的孫女：

"翠翠，翠翠，幫我拉着那個賣皮紙的小夥子，不許他
走！"

翠翠不知道是怎麼回事，當真便同黃狗去攔那第一個下
山人。那人笑着說：

"不要攔我！……"

正說着，第二個商人趕來了，就告給翠翠是什麼事情。

翠翠明白了，更拉着賣紙人衣服不放，只説："不許走！不許走！"黃狗為了表示同主人的意見一致，也便在翠翠身邊汪汪汪的吠着。其餘商人皆笑着，一時不能走路。祖父氣吁吁的趕來了，把錢強迫塞到那人手心裡，且搭了一大束草煙到那商人擔子上去，搓着兩手笑着説："走呀！你們上路走！"那些人於是全笑着走了。

翠翠説："爺爺，我還以為那人偷你東西同你打架！"

祖父就説：

"他送我好些錢。我才不要這些錢！告他不要錢，他還同我吵，不講道理！"

翠翠説："全還給他了嗎？"

祖父抿着嘴把頭搖搖，裝成狡猾得意神氣笑着，把紮在腰帶上留下的那枚單銅子取出，送給翠翠。且説：

"他得了我們那把煙葉，可以吃到鎮筸城！"

遠處鼓聲又蓬蓬的響起來了，黃狗張着兩個耳朵聽着。翠翠問祖父，聽不聽到什麼聲音。祖父一注意，知道是什麼聲音了，便説：

"翠翠，端午又來了。你記不記得去年天保大老送你那隻肥鴨子。早上大老同一群人上川東去，過渡時還問你。你一定忘記那次落的行雨。我們這次若去，又得打火把回家；你記不記得我們兩人用火把照路回家？"

翠翠還正想起兩年前的端午一切事情哪。但祖父一問，翠翠卻微帶點兒惱着的神氣，把頭搖搖，故意説："我記不得，我記不得。"其實她那意思就是"我怎麼記不得？！"

　　祖父明白那話裡意思，又説："前年還更有趣，你一個人在河邊等我，差點兒不知道回來，我還以為大魚會吃掉你！"

　　提起舊事翠翠嗤的笑了。

　　"爺爺，你還以為大魚會吃掉我？是別人家説我，我告給你的！你那天只是恨不得讓城中的那個爺爺把裝酒的葫蘆吃掉！你這種記性！"

　　"我人老了，記性也壞透了。翠翠，現在你人長大了，一個人一定敢上城看船不怕魚吃掉你了。"

　　"人大了就應當守船哩。"

　　"人老了才當守船。"

　　"人老了應當歇憩！"

　　"你爺爺還可以打老虎，人不老！"祖父説着，於是，把膀子彎曲起來，努力使筋肉在局束中顯得又有力又年青，且説："翠翠，你不信，你咬。"

　　翠翠睨着腰背微駝白髮滿頭的祖父，不説什麼話。遠處有吹嗩吶的聲音，她知道那是什麼事情，且知道嗩吶方向，要祖父同她下了船，把船拉過家中那邊岸旁去。為了想早早的看到那迎婚送親的喜轎，翠翠還爬到屋後塔下去眺望。過不久，那一夥人來了，兩個吹哨吶的，四個強壯鄉下漢子，一頂空花轎，一個穿新衣的團總兒子模樣的青年，另外還有兩隻羊，一個牽羊的孩子，一罈酒，一盒糍粑，一個擔禮物的人。一夥人上了渡船後，翠翠同祖父也上了渡船，祖父拉船，翠翠卻傍花轎站定，去欣賞每一個人的臉色與花轎上的流蘇。攏岸後，團總兒子模樣的人，從扣花抱肚裡掏出了一個小紅紙包封，遞給老船夫。這是規矩，祖父再不能説不接收了。但得了錢祖父卻説話了，問那個人，新娘是什麼地方人，明白了，又問姓什麼，明白了，又問多大年紀，一起皆弄明白了。吹嗩吶的一上岸後又把嗩吶嗚嗚喇喇吹起來，一行人便翻山走了。祖父同翠翠留在船上，感情彷彿皆追着那嗩吶聲音走去，走了很遠的路方回到自己身邊來。

祖父掂着那紅紙包封的分量説：“翠翠，宋家堡子裡新嫁娘只十五歲。”

翠翠明白祖父這句話的意思所在，不作理會，靜靜的把船拉動起來。

到了家邊，翠翠跑回家去取小小竹子做的雙管嗩吶，請祖父坐在船頭吹“娘送女”曲子給她聽，她卻同黃狗躺到門前大岩石上蔭處看天上的雲。白日漸長，不知什麼時節，祖父睡着了，翠翠同黃狗也睡着了。

七

到了端午。祖父同翠翠在三天前業已預先約好，祖父守船，翠翠同黃狗過順順吊腳樓去看熱鬧。翠翠先不答應，後來答應了。但過了一天，翠翠又翻悔回來，以為要看兩人去看，要守船兩人守船。祖父明白那個意思，是翠翠玩心與愛心相戰爭的結果。為了祖父的牽絆，應當玩的也無法去玩，這不成！祖父含笑説：“翠翠，你這是為什麼？説定了的又翻悔，同茶峒人平素品德不相稱。我們應當説一是一，不許三心二意。我記性並不壞到這樣子，把你答應了我的即刻忘掉！"祖父雖那麼説，很顯然的事，祖父對於翠翠的打算是同意的。但人太乖了，祖父有點愀然不樂了。見祖父不再説話，翠翠就説："我走了，誰陪你？"

祖父説："你走了，船陪我。"

翠翠把眉毛皺攏去苦笑着，"船陪你，嗨，嗨，船陪你。爺爺，你真是……"

祖父心想："你總有一天會要走的。"但不敢提這件事。祖父一時無話可説，於是走過屋後塔下小圃裡去看葱，翠翠跟過去。

"爺爺，我決定不去，要去讓船去，我替船陪你！"

"好，翠翠，你不去我去，我還得戴了朵紅花，裝劉老老進城去見世面！"

兩人都為這句話笑了許久。

祖父理葱，翠翠卻摘了一根大葱嗚嗚吹着。有人在東岸喊過渡，翠翠不讓祖父佔先，便忙着跑下去，跳上了渡船，援着橫溪纜子拉船過溪去接人。一面拉船一面喊祖父：

"爺爺，你唱，你唱！"

祖父不唱，卻只站在高岩上望翠翠，把手搖着，一句話不説。

祖父有點心事。心事重重的，翠翠長大了。

翠翠一天比一天大了，無意中提到什麼時會紅臉了。時間在成長她，似乎正催促她，使她在另外一件事情上負點兒責。她歡喜看撲粉滿臉的新嫁娘，歡喜說到關於新嫁娘的故事，歡喜把野花戴到頭上去，還歡喜聽人唱歌。茶峒人的歌聲，纏綿處她已領略得出。她有時彷彿孤獨了一點，愛坐在岩石上去，向天空一片雲一顆星凝眸。祖父若問："翠翠，想什麼？"她便帶着點兒害羞情緒，輕輕的說："在看水鴨子打架！"照當地習慣意思就是"翠翠不想什麼"。但在心裡卻同時又自問："翠翠，你真在想什麼？"同是自己也在心裡答着："我想的很遠，很多。可是我不知想些什麼。"她的確在想，又的確連自己也不知在想些什麼。這女孩子身體既發育得很完全，在本身上因年齡自然而來的一件"奇事"，到月就來，也使她多了些思索，多了些夢。

祖父明白這類事情對於一個女子的影響，祖父心情也變了些。祖父是一個在自然裡活了七十年的人，但在人事上的自然現象，就有了些不能安排處。因為翠翠的長成，使祖父記起了些舊事，從掩埋在一大堆時間裡的故事中，重新找回了些東西。

翠翠的母親，某一時間原同翠翠一個樣子。眉毛長，眼睛大，皮膚紅紅的。也乖得使人憐愛——也懂在一些小處，起眼動眉毛，使家中長輩快樂。也彷彿永遠不會同家中這一個分開。但一點不幸來了，她認識了那個兵。到末了丟開老的和小的，卻陪那個兵死了。這些事從老船夫說來誰也無罪過，只應"天"去負責。翠翠的祖父口中不怨天，心卻不能完全同意這種不幸的安排。攤派到本身的一份，說來實在不公平！說是放下了，也正是不能放下的莫可奈何容忍到的一件事！

那時還有個翠翠。如今假若翠翠又同媽媽一樣，老船夫的年齡，還能把小雛兒再撫育下去嗎？人願意神卻不同意！人太老了，應當休息了，凡是一個良善的鄉下人，所應得到的勞苦與不幸，全得到了。假若另外高處有一個上帝，這上帝且有一雙手支配一切，很明顯的事，十分公道的辦法，是應把祖父先收回去，再來讓那個年青的在新的生活上得到應分接受那幸或不幸，才合道理。

可是祖父並不那麼想。他為翠翠擔心。他有時便躺到門外岩石上，對着星子想他的心事。他以為死是應當快到了的，正因為翠翠人已長大了，證明自己也真正老了。無論如何，得讓翠翠有個着落。翠翠既是她那可憐母親交把他的，翠翠大了，他也得把翠翠交給一個人，他的事才算完結！交給誰？必需什麼樣的人方不委屈她？

前幾天順順家天保大老過溪時，同祖父談話，這心直口快的青年人，第一句話就說：

"老伯伯，你翠翠長得真標致，像個觀音樣子。再過兩年，若我有閒空能留在茶峒照料事情，不必像老鴉到處飛，我一定每夜到這溪邊來為翠翠唱歌。"

祖父用微笑獎勵這種自白。一面把船拉動，一面把那雙小眼睛瞅着大老。

於是大老又說：

"翠翠太嬌了，我擔心她只宜於聽點茶峒人的歌聲，不能作茶峒女子做媳婦的一切正經事。我要個能聽我唱歌的情人，卻更不能缺少個照料家務的媳婦。'又要馬兒不吃草，又要馬兒走得好，'唉，這兩句話恰是古人為我說的！"

祖父慢條斯理把船掉了頭，讓船尾傍岸，就說：

"大老，也有這種事兒！你瞧着吧。"究竟是什麼事，祖父可並不明白說下去。

那青年走去後，祖父溫習着那些出於一個男子口中的真話，實在又愁又喜。翠翠若應當交把一個人，這個人是不是適宜於照料翠翠？當真交把了他，翠翠是不是願意？

八

初五大清早落了點毛毛雨，上游且漲了點"龍船水"，河水全變作豆綠色。祖父上城買辦過節的東西，戴了個粽粑葉"斗篷"，攜帶了一個籃子，一個裝酒的大葫蘆，肩頭上掛了個裉褲，其中放了一吊六百錢，就走了。因為是節日，這一天從小村小寨帶了銅錢擔了貨物上城去辦貨掉貨的極多，這些人起身也極早，故祖父走後，黃狗就伴同翠翠守船。翠翠頭上戴了一個嶄新的斗篷，把過渡人一趟一趟的送來送去。黃狗坐在船頭，每當船攏岸時必先跳上岸邊去銜繩頭，引起每個過渡人的興味。有些過渡鄉下人也攜了狗上城，照例如俗話說的，"狗離不得屋"，一離了自己的家，即或傍着主人，也變得非常老實了。到過渡時，翠翠的狗必走過去嗅嗅，從翠翠方面討取了一個眼色，似乎明白翠翠的意思，就不敢有什麼舉動。直到上岸後，把拉繩子的事情作完，眼見到那隻陌生的狗上小山去了，也必跟着追去。或者向狗主人輕輕吠着，或者逐着那陌生的狗，必得翠翠帶點兒嗔惱的嚷着：「狗，狗，你狂什麼？還有事情做，你就跑呀！」於是這黃狗趕快跑回船上來，且依然滿船聞嗅不已。翠翠説：「這算什麼輕狂舉動！跟誰學得的！還不好好蹲到那邊去！」狗儼然極其懂事，便即刻到牠自己原來地方去，只間或又像想起什麼似的，輕輕的吠幾聲。

雨落個不止，溪面一片煙。翠翠在船上無事可作時，便算着老船夫的行程。她知道他這一去應到什麼地方碰到什麼人，談些什麼話，這一天城門邊應當是些什麼情形，河街上應當是些什麼情形，「心中一本冊」，她完全如同眼見到的那麼明明白白。她又知道祖父的脾氣，一見城中相熟糧子上人物，不管是馬夫火夫，總會把過節時應有的頌祝説出。這邊説，「副爺，你過節吃飽喝飽！」那一個便也將説，「划船的，你吃飽喝飽！」這邊若説着如上的話，那邊人説，「有什麼可以吃飽喝飽？四兩肉，兩碗酒，既不會飽也不會醉！」那麼，祖父必很誠實邀請這熟人過碧溪岨喝個夠量。倘若有人當時就想喝一口祖父葫蘆中的酒，這老船夫也從不吝嗇，必很快的就把葫蘆遞過去。酒喝過了，那兵營中人捲舌子舐着嘴唇，稱讚酒好，於是又必被勒迫着喝第二口。酒在這種情形下少起來了，就又跑到原來舖上去，加滿為止。翠翠且知道祖父還會到碼頭上去同剛攏岸一天兩天的上水船水手談談話，問問下河的米價鹽價，有時且彎着腰鑽進那帶有海帶魷魚味，以及其他油味、醋味、柴煙味的船艙裡去，水手們從小罐中抓出一把紅棗，遞給老船夫，過一陣，等到祖父回家被翠翠埋怨時，這紅棗便成為祖父與翠翠和解的東西。祖父一到河街上，且一定有許多舖子上商人送他粽子與其他東西，作為對這個忠於職守的划船人一點敬意，祖父雖嚷着"我帶了那麼一大堆，回去會把老骨頭壓斷"，可是不管如何，這些東西多少總得領點情。走到賣肉案桌邊去，他想"買肉"人家卻不願接錢，屠戶若不接錢，他卻寧可到另外一家去，決不想沾那點便宜。那屠戶説，"爺爺，你為人那麼硬算什麼？又不是要你去做犁口耕田！"但不行，他以為這是血錢，不比別的事情，你不收錢他會把錢預先算好，猛的把錢擲到大而長的錢筒裡去，攫了肉就走去的。賣肉的明白他那種性情，到他稱肉時總選取最好的一處，且把分量故意加多，他見及時卻將説："喂喂，大老闆，我不要你那些好處！腿上的肉是城裡人炒魷魚肉絲用的肉，莫同我開玩笑！我要夾項肉，我要濃的糯的，我是個划船人，我要拿去燉胡蘿蔔喝酒的！"得了肉，把錢交過手時，自己先數一次，又囑咐屠戶再數，屠戶卻照例不理會他，把一手錢嘩的向長竹筒口丢去，他於是簡直是嫵媚的微笑着走了。屠戶與其他買肉人，見到他這種神氣。必笑個不止……

翠翠還知道祖父必到河街上順順家裡去。

翠翠溫習着兩次過節兩個日子所見所聞的一切，心中很快樂，好像目前有一個東西，同早間在床上閉了眼睛所看到那種捉摸不定的黃葵花一樣，這東西彷彿很明朗的在眼前，卻看不準，抓不住。

　　翠翠想："白雞關真出老虎嗎？"她不知道為什麼忽然想起白雞關。白雞關是酉水中部一個地名，離茶峒兩百多里路！

　　於是又想："三十二個人搖六匹櫓，上水走風時張起個大篷，一百幅白布拼成的一片東西，先在這樣大船上過洞庭湖，多可笑……"她不明白洞庭湖有多大，也就從沒見過這種大船，更可笑的，還是她自己也不知道為什麼卻想到這個問題！

　　一群過渡人來了，有擔子，有送公事跑差模樣的人物，另外還有母女二人。母親穿了新漿洗得硬朗的藍布衣服，女孩子臉上塗着兩餅紅色，穿了不甚合身的新衣，上城到親戚家中去拜節看龍船的。等待眾人上船穩定後，翠翠一面望着那小女孩，一面把船拉過溪去。那小孩從翠翠估來年紀也將十三四歲了，神氣卻很嬌，似乎從不曾離開過母親。腳下穿的是一雙尖頭新油過的釘鞋，上面沾污了些黃泥。褲子是那種泛紫的蔥綠布做的。見翠翠盡是望她，她也便看着翠翠，眼睛光光的如同兩粒水晶球。有點害羞，有點不自在，同時也有點不可言說的愛嬌。那母親模樣的婦人便問翠翠年紀有幾歲。翠翠笑着，不高興答應，卻反問小女孩今年幾歲。聽那母親說十三歲時，翠翠忍不住笑了。那母女顯然是財主人家的妻女，從神氣上就可看出的。翠翠注視那女孩，發現了女孩子手上還戴得有一副麻花絞的銀手鐲，閃着白白的亮光，心中有點兒歆羨。船傍岸後，人陸續上了岸，婦人從身上摸出一銅子，塞到翠翠手中，就走了。翠翠當時竟忘了祖

父的規矩了，也不說道謝，也不把錢退還，只望着這一行人
中那個女孩子身後發痴。一行人正將翻過小山時，翠翠忽又
忙匆匆的追上去，在山頭上把錢還給那婦人。那婦人說：
"這是送你的！"翠翠不說什麼，只微笑把頭盡搖，且不等婦
人來得及說第二句話，就很快的向自己渡船邊跑去了。

到了渡船上，溪那邊又有人喊過渡，翠翠把船又拉回
去。第二次過渡是七個人，又有兩個女孩子，也同樣因為看
龍船特意換了乾淨衣服，相貌卻並不如何美觀，因此使翠翠
更不能忘記先前那一個。

今天過渡的人特別多，其中女孩子比平時更多，翠翠既
在船上拉纜子擺渡，故見到什麼好看的，極古怪的，人乖
的，眼睛眶子紅紅的，莫不在記憶中留下個印象。無人過渡
時，等着祖父祖父又不來，便盡只反覆溫習這些女孩子的神
氣。且輕輕的無所謂的唱着：

　　白雞關出老虎咬人，不咬別人，團總的小姐派第
一。……大姐戴副金簪子，二姐戴副銀釧子，只有我三
妹沒得什麼戴，耳朵上長年戴條豆芽菜。

城中有人下鄉的，在河街上一個酒店前面，曾見及那個
撐渡船的老頭子，把葫蘆嘴推讓給一個年青水手，請水手喝
他新買的白燒酒，翠翠問及時，那城中人就告給她所見到的
事情。翠翠笑祖父的慷慨不是時候，不是地方。過渡人走
了，翠翠就在船上又輕輕的哼着巫師十二月裡為人還願迎神
的歌玩——

　　你大仙，你大神，睜眼看看我們這裡人！

他們既誠實，又年青，又身無疾病。

他們大人會喝酒，會作事，會睡覺；

他們孩子能長大，能耐飢，能耐冷；

他們牯牛肯耕田，山羊肯生仔，雞鴨肯孵卵；

他們女人會養兒子，會唱歌，會找她心中歡喜的情人！

你大神，你大仙，排駕前來站兩邊。

關夫子身跨赤兔馬，

尉遲公手拿大鐵鞭！

你大仙，你大神，雲端下降慢慢行！

張果老驢得坐穩，

鐵拐李腳下要小心！

福祿綿綿是神恩，

和風和雨神好心，

好酒好飯當前陳，

肥豬肥羊火上烹！

洪秀全，李鴻章，

你們在生是霸王，

殺人放火盡節全忠各有道，

今來坐席又何妨！

慢慢吃，慢慢喝，

月白風清好過河。

醉時攜手同歸去，

我當為你再唱歌！〔14〕

那首歌聲音既極柔和，快樂中又微帶憂鬱。唱完了這歌，翠翠覺得心上有一絲兒淒涼。她想起秋末酬神還願時田坪中的火燎同鼓角。

遠處鼓聲已起來了，她知道繪有朱紅長線的龍船這時節已下河了，細雨還依然落個不止，溪面一片煙。

九

祖父回家時，大約已將近平常吃早飯時節了，肩上手上全是東西，一上小山頭便喊翠翠，要翠翠拉船過小溪來迎接他。翠翠眼看到多少人皆進了城，正在船上急得莫可奈何，聽到祖父的聲音，精神旺了，銳聲答着：“爺爺，爺爺，我來了！”老船夫從碼頭邊上了渡船後，把肩上手上的東西擱到船頭上，一面幫着翠翠拉船，一面向翠翠笑着，如同一個小孩子，神氣充滿了謙虛與羞怯。“翠翠，你急壞了，是不是？”翠翠本應埋怨祖父的，但她卻回答說：“爺爺，我知道你在河街上勸人喝酒，好玩得很。”翠翠還知道祖父極高興到河街上去玩，但如此說來，將更使祖父害羞亂嚷了，因此話到口邊卻不提出。

翠翠把擱在船頭的東西一一估記在眼裡，不見了酒葫蘆。翠翠嗤的笑了。

“爺爺，你倒大方，請副爺同船上人吃酒，連葫蘆也吃到肚裡去了！”

祖父笑着忙作説明：

“哪裡，哪裡，我那葫蘆被順順大伯扣下了，他見我在河街上請人喝酒，就説：‘喂，喂，擺渡的張橫〔15〕，這不成的。你不開槽坊，如何這樣子！把你那個放下來，請我全喝了吧。’他當真那麼説，‘請我全喝了吧。’我把葫蘆放下了。但我猜想他是同我鬧着玩的。他家裡還少燒酒嗎？翠翠，你説，……”

“爺爺，你以為人家真想喝你的酒，便是同你開玩笑嗎？”

“那是怎麼的？”

“你放心，人家一定因為你請客不是地方，所以扣下你的葫蘆，不讓你請人把酒喝完。等等就會為你送來的，你還不明白，真是！——”

“唉，當真會是這樣的！”

説着船已攏了岸，翠翠搶先幫祖父搬東西，但結果卻只拿了那尾魚，那個花裙裾；裙裾中錢已用光了，卻有一包白糖，一包小芝麻餅子。

兩人剛把新買的東西搬運到家中，對溪就有人喊過渡，祖父要翠翠看着肉菜免得被野貓拖去，爭着下溪去做事，一會兒，便同那個過渡人嚷着到家中來了。原來這人便是送酒葫蘆的。只聽到祖父説：“翠翠，你猜對了。人家當真把酒葫蘆送來了！”

翠翠來不及向灶邊走去，祖父同一個年紀青青的臉黑肩膊寬的人物，便進到屋裡了。

翠翠同客人皆笑着，讓祖父把話説下去。客人又望着翠翠笑，翠翠彷彿明白為什麼被人望着，有點不好意思起來，走到灶邊燒火去了。溪邊又有人喊過渡，翠翠趕忙跑出門外船上去，把人渡過了溪。恰好又有人過溪。天雖落小雨，過渡人卻分外多，一連三次。翠翠在船上一面作事一面想起祖父的趣處。不知怎麼的，從城裡被人打發來送酒葫蘆的，她覺得好像是個熟人。可是眼睛裡像是熟人，卻不明白在什麼地方見過面。但也正像是不肯把這人想到某方面去，方猜不着這來人的身份。

祖父在岩坎上邊喊："翠翠，翠翠，你上來歇歇，陪陪客！"本來無人過渡便想上岸去燒火，但經祖父一喊，反而不上岸了。

來客問祖父"進不進城看船"，老渡船夫就説"應當看守渡船"。兩人又談了些別的話。到後來客方言歸正傳：

"伯伯，你翠翠像個大人了，長得很好看！"

撑渡船的笑了。"口氣同哥哥一樣，倒爽快呢。"這樣想着，卻那麼説："二老，這地方配受人稱讚的只有你，人家都説你好看！'八面山的豹子，地地溪的錦雞'，全是特為頌揚你這個人好處的警句！"

"但是，這很不公平。"

"很公平的！我聽船上人説，你上次押船，船到三門下面白雞關灘出了事，從急浪中你援救過三個人。你們在灘上過夜，被村子裡女人見着了，人家在你棚子邊唱歌一整夜，是不是真有其事？」

「不是女人唱歌一夜，是狼嗥。那地方著名多狼，只想得機會吃我們！我們燒了一大堆火，嚇住了牠們，才不被吃掉！」

老船夫笑了，「那更妙！人家説的話還是很對的。狼是只吃姑娘，吃小孩，吃十八歲標致青年，像我這種老骨頭，牠不要吃的！」

那二老説：「伯伯，你到這裡見過兩萬個日頭，別人家全説我們這個地方風水好，出大人，不知為什麼原因，如今還不出大人？」

「你是不是説風水好應出有大名頭的人？我以為這種人不生在我們這個小地方，也不礙事。我們有聰明，正直，勇敢，耐勞的年青人，就夠了。像你們父子兄弟，為本地也增光彩已經很多很多！」

「伯伯，你説得好，我也是那麼想。地方不出壞人出好人，如伯伯那麼樣子，人雖老了，還硬朗得同棵楠木樹一樣，穩穩當當的活到這塊地面，又正經，又大方，難得的咧。」

「我是老骨頭了，還説什麼。日頭，雨水，走長路，挑分量沉重的擔子，大吃大喝，挨餓受寒，自己分上的都拿過了，不久就會躺到這冰涼土地上餵蛆吃的。這世界有得是你們小夥子分上的一切，好好的幹，日頭不辜負你們，你們也莫辜負日頭！」

"伯伯，看你那麼勤快，我們年青人不敢辜負日頭！"

說了一陣，二老想走了，老船夫便站到門口去喊叫翠翠，要她到屋裡來燒水煮飯，掉換他自己看船。翠翠不肯上岸，客人卻已下船了，翠翠把船拉動時，祖父故意裝作埋怨神氣說：

"翠翠，你不上來，難道要我在家裡做媳婦煮飯嗎？"

翠翠斜睨了客人一眼，見客人正盯着她，便把臉背過去，扳着嘴兒，很自負的拉着那條橫纜，船慢慢拉過對岸了。客人站在船頭同翠翠說話：

"翠翠，吃了飯，同你爺爺去看划船吧？"

翠翠不好意思不說話，便說："爺爺說不去，去了無人守這個船！"

"你呢？"

"爺爺不去我也不去。"

"你也守船嗎？"

"我陪我爺爺。"

"我要一個人來替你們守渡船，好不好？"

砰的一下船頭已撞到岸邊土坎上了，船攏岸了。二老向岸上一躍，站在斜坡上說：

"翠翠，難為你！……我回去就要人來替你們，你們快吃飯，一同到我家裡去看船，今天人多咧，熱鬧咧！"

翠翠不明白這陌生人的好意，不懂得為什麼一定要到他家中去看船，扳着小嘴笑笑，就把船拉回去了。到了家中一邊溪岸後，只見那個人還正在對溪小山上，好像等待什麼，不即走開。翠翠回轉家中，到灶口邊去燒火，一面把帶點濕氣的草塞進灶裡去，一面向正在把客人帶回的那一葫蘆酒試着的祖父詢問：

"爺爺，那人說回去就要人來替你，要我們兩人去看船，你去不去？"

"你高興去嗎？"

"兩人同去我高興。那個人很好，我像認得他，他是誰？"

祖父心想："這倒對了，人家也覺得你好！"祖父笑着說："翠翠，你不記得你前年在大河邊時，有個人說要讓大魚咬你嗎？"

翠翠明白了，卻仍然裝不明白問："他是誰？"

"你想想看，猜猜看。"

"一本《百家姓》好多人，我猜不着他是張三李四。"

"順順船總家的二老，他認識你你不認識他啊！"他抿了一口酒，像讚美酒又像讚美人，低低的說："好的，妙的，這是難得的。"

過渡的人在門外坎下叫喚着，老祖父口中還是"好的，妙的……"匆匆下船做事去了。

十

吃飯時隔溪有人喊過渡，翠翠搶着下船，到了那邊，方知道原來過渡的人，便是船總順順家派來作替手的水手，一

見翠翠就説道：“二老要你們一吃了飯就去，他已下河了。”見了祖父又説：“二老要你們吃了飯就去，他已下河了。”

張耳聽聽，便可聽出遠處鼓聲已較密，從鼓聲裡使人想到那些極狹的船，在長潭中筆直前進時，水面上畫着如何美麗的長長的線路！

新來的人茶也不吃，便在船頭站妥了，翠翠同祖父吃飯時，邀他喝一杯，只是搖頭推辭。祖父説：

“翠翠，我不去，你同小狗去好不好？”

“要不去，我也不想去！”

“我去呢？”

“我本來也不想去，但我願意陪你去。”

祖父微笑着，“翠翠，翠翠，你陪我去，好的，你陪我去！”

…………

祖父同翠翠到城裡大河邊時河邊早站滿了人。細雨已經停止，地面還是濕濕的。祖父要翠翠過河街船總家吊腳樓上去看船，翠翠卻以為站在河邊較好。兩人在河邊站定不多久，順順便派人把他們請去了。吊腳樓上已有了很多的人。早上過渡時，為翠翠所注意的鄉紳妻女，受順順家的款待，佔據了最好窗口，一見到翠翠，那女孩子就説：“你來，你來！”翠翠帶着點兒羞怯走去，坐在他們身後條凳上，祖父便走開了。

祖父並不看龍船競渡，卻為一個熟人拉到河上游半里路遠近，到一個新碾坊看水碾子去了。老船夫對於水碾子原來就極有興味的。倚山濱水來一座小小茅屋，屋中有那麼一個圓石片子，固定在一個橫軸上，斜斜的攔在石槽裡。當水閘門抽去時，流水沖激地下的暗輪，上面的石片便飛轉起來。作主人的管理這個東西，把毛穀倒進石槽中去，把碾好的米弄出放在屋角隅篩子裡，再篩去糠灰。地上全是糠灰，主人頭上包着塊白布帕子，頭上肩上也全是糠灰。天氣好時就在碾坊前後隙地裡種些蘿蔔、青菜、大蒜、四季葱。水溝壞了，就把褲子脫去，到河裡去堆砌石頭修理洩水處。水碾壩若修築得好，還可裝個小小魚梁，漲小水時就自會有魚上梁來，不勞而獲！在河邊管理一個碾坊比管理一隻渡船多變化有趣味，情形一看也就明白了。但一個撐渡船的若想有座碾坊，那簡直是不可能的妄想。凡碾坊照例是屬於當地小財主的產業。那熟人把老船夫帶到碾坊邊時，就告給他這碾坊業主為誰。兩人一面各處視察一面說話。

那熟人用腳踢着新碾盤說：

"中寨人自己坐在高山岩子上，卻歡喜來到這大河邊置產業；這是中寨王團總的，大錢七百吊！"

老船夫轉着那雙小眼睛，很羨慕的去欣賞一切，估計一切，把頭點着，且對於碾坊中物件一一加以很得體的批評。後來兩人就坐到那還未完工的白木條凳上去，熟人又說到這碾坊的將來，似乎是團總女兒陪嫁的妝奩。那人於是想起了翠翠，且記起大老託過他的事情來了，便問道：

"伯伯，你翠翠今年十幾歲？"

"滿十四進十五歲。"老船夫說過這句話後，便接着在心

中計算過去的年月。

"十四歲多能幹！將來誰得她真有福氣！"

"有什麼福氣？又無碾坊陪嫁，一個光人。"

"別說一個光人，一個有用的人，兩隻手抵得五座碾坊！洛陽橋也是魯班兩隻手造的！……"這樣那樣的說着，說到後來，那人笑了。

老船夫也笑了，心想："翠翠有兩隻手將來也去造洛陽橋吧，新鮮事！"

那人過了一會又說：

"茶峒人年青男子眼睛光，選媳婦也極在行。伯伯，你若不多我的心時，我就說個笑話給你聽。"

老船夫問："是什麼笑話。"

那人說："伯伯你若不多心時，這笑話也可以當真話去聽咧。"

接着說的下去就是順順家大老如何在人家讚美翠翠，且如何託他來探聽老船夫口氣那麼一件事。末了同老船夫來轉述另一回會話的情形。"我問他：'大老，大老，你是說真話還是說笑話？'他就說：'你為我去探聽探聽那老的，我歡喜翠翠，想要翠翠，是真話！'我說：'我這口鈍得很，說出了口老的一巴掌打來呢？'他說：'你怕打，你先當笑話去說，不會挨打的！'所以，伯伯，我就把這件真事情當笑話來同你說了。你試想想，他初九從川東回來見我時，我應當如何回答他？"

老船夫記前一次大老親口所說的話，知道大老的意思很真，且知道順順也歡喜翠翠，心裡很高興。但這件事照規矩得這個人帶封點心親自到碧溪岨家中去説，方見得慎重其事，老船夫就説：“等他來時你説：老傢伙聽過了笑話後，自己也説了個笑話，他説，‘車是車路，馬是馬路，各有走法。大老走的是車路，應當由大老爹爹作主，請了媒人來正正經經同我説。走的是馬路，應當自己作主，站在渡口對溪高崖上，為翠翠唱三年六個月的歌。’”

“伯伯，若唱三年六個月的歌動得了翠翠的心，我趕明天就自己來唱歌了。”

“你以為翠翠肯了我還會不肯嗎？”

“不咧，人家以為這件事你老人家肯了，翠翠便無有不肯呢。”

“不能那麼説，這是她的事呵！”

“便是她的事，可是必需老的作主，人家也仍然以為在日頭月光下唱三年六個月的歌，還不如得伯伯説一句好！”

“那麼，我説，我們就這樣辦，等他從川東回來時要他同順順去説明白。我呢，我也先問問翠翠；若以為聽了三年六個月的歌再跟那唱歌人走去有意思些，我就請你勸大老走他那彎彎曲曲的馬路。”

“那好的。見了他我就説：‘大老，笑話嗎，我已説過了。真話呢，看你自己的命運去了。’當真看他的命運去了，不過我明白他的命運，還是在你老人家手上捏着的。”

“不是那麼説！我若捏得定這件事，我馬上就答應了。”

這裡兩人把話説妥後，就過另一處看一隻順順新近買來的三艙船去了。河街上順順吊腳樓方面，卻有了如下事情。

翠翠雖被那鄉紳女孩喊到身邊去坐，地位非常之好，從窗口望出去，河中一切朗然在望，然而心中可不安寧。擠在其他幾個窗口看熱鬧的人，似乎皆常常把眼光從河中景物挪到這邊幾個人身上來。還有些人故意裝成有別的事情樣子，從樓這邊走過那一邊，事實上卻全為得是好仔細看看翠翠這方面幾個人。翠翠心中老不自在，只想借故跑去。一會兒河下的炮聲響了，幾隻從對河取齊的船隻，直向這方面划來。先是四條船皆相去不遠，如四枝箭在水面射着，到了一半，已有兩隻船佔先了些，再過一會子，那兩隻船中間便又有一隻超過了並進的船隻而前。看看船到了稅局門前時，第二次炮聲又響，那船便勝利了。這時節勝利的已判明屬於河街人所划的一隻，各處便皆響着慶祝的小鞭炮。那船於是沿了河街吊腳樓划去，鼓聲蓬蓬作響，河邊與吊腳樓各處，都同時吶喊表示快樂的祝賀。翠翠眼見在船頭站定搖動小旗指揮進退頭上包着紅布的那個年青人，便是送酒葫蘆到碧溪岨的二老，心中便印着三年前的舊事，"大魚吃掉你！""吃掉不吃掉，不用你管！""狗，狗，你也看人叫！"想起狗，翠翠才注意到自己身邊那隻黃狗，已不知跑到什麼地方去，便離了座位，在樓上各處找尋她的黃狗，把船頭人忘掉了。

她一面在人叢裡找尋黃狗，一面聽人家正說些什麼話。

一個大臉婦人問："是誰家的人，坐到順順家當中窗口前的那塊好地方？"

一個婦人就說："是砦子上王鄉紳家大姑娘，今天說是來看船，其實來看人，同時也讓人看！人家命好，有福分坐那好地方！」

「看誰人？被誰看？」

「嗨，你還不明白，那鄉紳想同順順打親家呢。」

「那姑娘配什麼人？是大老，還是二老？」

「說是二老呀，等等你們看這岳雲，就會上樓來看他丈母娘的！」

另一個女人便插嘴說：「事弄妥了，好得很呢！人家有一座嶄新碾坊陪嫁，比十個長年還好一些。」

有人問：「二老怎麼樣？可樂意？」

有人就輕輕的說：「二老已說過了，這不必看。第一件事我就不想作那個碾坊的主人！」

「你聽岳雲二老親口說嗎？」

「我聽別人說的。還說二老歡喜一個撐渡船的。」

「他又不是傻小二，不要碾坊，要渡船嗎？」

「那誰知道。橫順人是‘牛肉炒韭菜，各人心裡愛’，只看各人心裡愛什麼就吃什麼。渡船不會不如碾坊！」

當時各人眼睛對着河裡，口中說着這些閒話，卻無一個人回頭來注意到身後邊的翠翠。

翠翠臉發火發燒走到另外一處去，又聽有兩個人提到這件事。且說：「一切早安排好了，只須要二老一句話。」又說：「只看二老今天那麼一股勁兒，就可以猜想得出這勁兒是岸上一個黃花姑娘給他的！」

誰是激動二老的黃花姑娘？聽到這個，翠翠心中不免有

點兒亂。

翠翠人矮了些，在人背後已望不見河中情形，只聽到敲鼓聲漸近漸激越，岸上吶喊聲自遠而近，便知道二老的船恰恰經過樓下。樓上人也大喊着，雜夾叫着二老的名字，鄉紳太太那方面，且有人放小百子鞭炮。忽然又用另外一種驚訝聲音喊着，且同時便見許多人出門向河下走去。翠翠不知出了什麼事，心中有點迷亂，正不知走回原來座位邊去好，還是依然站在人背後好。只見那邊正有人拿了個托盤，裝了一大盤粽子同細點心，在請鄉紳太太小姐用點心，不好意思再過那邊去，便想也擠出大門外到河下去看看。從河街一個鹽店旁邊甬道下河時，正在一排吊腳樓的欐柱間，迎面碰頭一群人，擁着那個頭包紅布的二老來了。原來二老因失足落水，已從水中爬起來了。路太窄了一些，翠翠雖閃過一旁，與迎面來的人仍然得肘子觸着肘子。二老一見翠翠就說：

"翠翠，你來了，爺爺也來了嗎？"

翠翠臉還發着燒不便作聲，心想："黃狗跑到什麼地方去了呢？"

二老又說：

"怎不到我家樓上去看呢？我已要人替你弄了個好位子。"

翠翠心想："碾坊陪嫁，稀奇事情咧。"

二老不能逼迫翠翠回去，到後便各自走開了。翠翠到河下時，小小心中充滿了一種說不分明的東西。是煩惱吧，不是！是憂愁吧，不是！是快樂吧，不，有什麼事情使這個女孩子快樂呢？是生氣了吧，——是的，她當真彷彿覺得自己是在生一個人的氣，又像是在生自己的氣。河邊人太多了，碼頭邊淺水中，船桅船篷上，以至於吊腳樓的柱子上，也莫不有人。翠翠自言自語說：「人那麼多，有什麼三腳貓好看？」先還以為可以在什麼船上發現她的祖父，但搜尋了一陣，各處卻無祖父的影子。她擠到水邊去，一眼便看到了自己家中那條黃狗，同順順家一個長年，正在去岸數丈一隻空船上看熱鬧。翠翠銳聲叫喊了兩聲，黃狗張着耳葉昂頭四面一望，便猛的撲下水中，向翠翠方面泅來了。到了身邊時狗身上已全是水，把水抖着且跳躍不已，翠翠便說：「得了，裝什麼瘋。你又不翻船，誰要你落水呢？」

翠翠同黃狗找祖父去，在河街上一個木行前恰好遇着了祖父。

老船夫說：「翠翠，我看了個好碾坊，碾盤是新的，水車是新的，屋上稻草也是新的！水壩管着一綹水，急溜溜的，抽水閘時水車轉得如陀螺。」

翠翠帶着點做作問：「是什麼人的？」

「是什麼人的？住在山上的王團總的。我聽人說是那中寨人為女兒作嫁妝的東西，好不闊氣，包工就是七百吊大錢，還不管風車，不管家什！」

「誰討那個人家的女兒？」

祖父望着翠翠乾笑着，「翠翠，大魚咬你，大魚咬你。」

翠翠因為對於這件事心中有了個數目，便仍然裝着全不明白，只詢問祖父，「爺爺，誰個人得到那個碾坊？」

「岳雲二老！」祖父說了又自言自語的說，「有人羨慕二

老得到碾坊，也有人羨慕碾坊得到二老！"

"誰羨慕呢，爺爺？"

"我羨慕。"祖父說着便又笑了。

翠翠說："爺爺，你喝醉了。"

"可是二老還稱讚你長得美呢。"

翠翠說："爺爺，你醉瘋了。"

祖父說："爺爺不醉不瘋……去，我們到河邊看他們放鴨子去。"他還想說，"二老捉得鴨子，一定又會送給我們的。"話不及說，二老來了，站在翠翠面前微笑着。翠翠也微笑着。

於是三個人回到吊腳樓上去。

十一

有人帶了禮物到碧溪岨，掌水碼頭的順順，當真請了媒人為兒子向渡船的攀親戚來了。老船夫慌慌張張把這個人渡過溪口，一同到家裡去。翠翠正在屋門前剝豌豆，來了客並不如何注意。但一聽到客人進門說"賀喜賀喜"，心中有事，不敢再呆在屋門邊，就裝作追趕菜園地的雞，拿了竹響篙唰唰的搖着，一面口中輕輕喝着，向屋後白塔跑去了。

來人說了些閒話，言歸正傳轉述到順順的意見時，老船夫不知如何回答，只是很驚惶的搓着兩隻繭結的大手，好像這不會真有其事，而且神氣中只像在說："那好，那好，"其實這老頭子卻不曾說過一句話。

　　馬兵把話說完後，就問作祖父的意見怎麼樣。老船夫笑着把頭點着說："大老想走車路，這個很好。可是我得問問翠翠，看她自己主意怎麼樣。"來人走後，祖父在船頭叫翠翠下河邊來說話。

　　翠翠拿了一簸箕豌豆下到溪邊，上了船，嬌嬌的問他的祖父："爺爺，你有什麼事？"祖父笑着不說什麼，只偏着個白髮盈顛的頭看着翠翠，看了許久。翠翠坐到船頭，低下頭去剝豌豆，耳中聽着遠處竹篁裡的黃鳥叫。翠翠想："日子長咧，爺爺話也長了。"翠翠心輕輕的跳着。

　　過了一會祖父說："翠翠，翠翠，先前來的那個伯伯來作什麼，你知道不知道？"

　　翠翠說："我不知道。"說後臉同頸脖全紅了。

　　祖父看看那種情景，明白翠翠的心事了，便把眼睛向遠處望去，在空霧裡望見了十五年前翠翠的母親，老船夫心中異常柔和了。輕輕的自言自語說："每一隻船總要有個碼頭，每一隻雀兒得有個巢。"他同時想起那個可憐的母親過去的事情，心中有了一點隱痛，卻勉強笑着。

　　翠翠呢，正從山中黃鳥杜鵑叫聲裡，以及山谷中伐竹人嗾嗾一下一下的砍伐竹子聲音裡，想到許多事情。老虎咬人的故事，與人對罵時四句頭的山歌，造紙作坊中的方坑，鐵工廠熔鐵爐裡洩出的鐵汁……耳朵聽來的，眼睛看到的，她似乎都要去溫習溫習。她其所以這樣作，又似乎全只為了希望忘掉眼前的一椿事而起。但她實在有點誤會了。

　　祖父說："翠翠，船總順順家裡請人來作媒，想討你作

媳婦，問我願不願。我呢，人老了，再過三年兩載會過去
的，我沒有不願的事情。這是你自己的事，你自己想想，自
己來説。願意，就成了；不願意，也好。"

翠翠不知如何處理這個問題，裝作從容，怯怯的望着老
祖父。又不便問什麼，當然也不好回答。

祖父又説："大老是個有出息的人，為人又正直，又慷
慨，你嫁了他，算是命好！"

翠翠明白了，人來做媒的大老！不曾把頭抬起，心忡忡
的跳着，臉燒得厲害，仍然剝她的豌豆，且隨手把空豆莢拋
到水中去，望着它們在流水中從從容容的流去，自己也儼然
從容了許多。

見翠翠總不作聲，祖父於是笑了，且説："翠翠，想幾
天不礙事。洛陽橋並不是一個晚上造得好的〔16〕，要日子
咧。前次那人來的就向我説到這件事，我已經就告過他：車
是車路，馬是馬路，各有規矩。想爸爸作主，請媒人正正經
經來説是車路；要自己作主，站到對溪高崖竹林裡為你唱三
年六個月的歌是馬路，——你若歡喜走馬路，我相信人家會
為你在日頭下唱熱情的歌，在月光下唱溫柔的歌，一直唱到
吐血喉嚨爛！"

翠翠不作聲，心中只想哭，可是也無理由可哭。祖父再
説下去，便引到死去了的母親來了。老人説了一陣，沉默
了。翠翠悄悄把頭撧過一些，祖父眼中業已釀了一汪眼淚。
翠翠又驚又怕怯生生的説："爺爺，你怎麼的？"祖父不作
聲，用大手掌擦着眼睛，小孩子似的咕咕笑着，跳上岸跑回

家中去了。

翠翠心中亂亂的，想趕去卻不趕去。

雨後放晴的天氣，日頭炙到人肩上背上已有了點兒力量。溪邊蘆葦水楊柳，菜園中菜蔬，莫不繁榮滋茂，帶着一分有野性的生氣。草叢裡綠色蚱蜢各處飛着，翅膀搏動空氣時窸窸作聲。枝頭新蟬聲音已漸漸洪大。兩山深翠逼人竹篁中，有黃鳥與竹雀杜鵑鳴叫。翠翠感覺着，望着，聽着，同時也思索着：

"爺爺今年七十歲……三年六個月的歌——誰送那隻白鴨子呢？……得碾子的好運氣，碾子得誰更是好運氣？……"

痴着，忽地站起，半簸箕豌豆便傾倒到水中去了。伸手把那簸箕從水中撈起時，隔溪有人喊過渡。

十二

翠翠第二天在白塔下菜園地裡，第二次被祖父詢問到自己主張時，仍然心兒忡忡的跳着，把頭低下不作理會，只顧用手去掐葱。祖父笑着，心想："還是等等看，再說下去這一坪葱會全掐掉了。"同時似乎又覺得這其間有點古怪處，不好再說下去，便自己按捺到言語，用一個做作的笑話，把問題引到另外一件事情上去了。

天氣漸漸的越來越熱了。近六月時，天氣熱了些，老船夫把一個滿是灰塵的黑陶缸子從屋角隅裡搬出，自己還勻出閒工夫，拼了幾方木板作成一個圓蓋。又鋸木頭作成一個三腳架子，且削刮了個大竹筒，用葛藤繫定，放在缸邊作為舀茶的家具。自從這茶缸移到屋門溪邊後，每早上翠翠就燒一大鍋開水，倒進那缸子裡去。有時缸裡加些茶葉，有時卻只放下一些用火燒焦的鍋巴，乘那東西還燃着時便拋進缸裡去。老船夫且照例準備了些發痧肚痛治疱瘡瘍子的草根木皮，把這些藥擱在家中當眼處，一見過渡人神氣不對，就忙忽忽的把藥取來，善意的勒迫這過路人使用他的藥方，且告人這許多救急丹方的來源（這些丹方自然全是他從城中軍醫同巫師學來的）。他終日裸着兩隻膀子，在方頭船上站定，頭上還常常是光光的，一頭短短白髮，在日光下如銀子。翠翠依然是個快樂人，屋前屋後跑着唱着，不走動時就坐在門前高崖樹蔭下吹小竹管兒玩。爺爺彷彿把大老提婚的事早已忘掉，翠翠自然也早忘掉這件事情了。

可是那做媒的不久又來探口氣了，依然是同從前一樣，祖父把事情成否全推到翠翠身上去，打發了媒人上路。回頭又同翠翠談了一次，也依然不得結果。

老船夫猜不透這事情在這什麼方面有個疙瘩，解除不去，夜裡躺在床上便常常陷入一種沉思裡去，隱隱約約體會到一件事情——翠翠愛二老不愛大老，想到了這裡時，他笑了，為了害怕而勉強笑了。其實他有點憂愁，因為他忽然覺得翠翠一切全像那個母親，而且隱隱約約便感覺到這母女二人共同的命運。一堆過去的事情蜂擁而來，不能再睡下去了，一個人便跑出門外，到那臨溪高崖上去，望天上的星辰，聽河邊紡織娘以及一切蟲類如雨的聲音，許久許久還不睡覺。

　　這件事翠翠是毫不注意的，這小女孩子日裡儘管玩着，工作着，也同時為一些很神秘的東西馳騁她那顆小小的心，但一到夜裡，卻甜甜的睡眠了。

　　不過一切皆得在一份時間中變化。這一家安靜平凡的生活，也因了一堆接連而來的日子，在人事上把那安靜空氣完全打破了。

　　船總順順家中一方面，則天保大老的事已被二老知道了，儺送二老同時也讓他哥哥知道了弟弟的心事。這一對難兄難弟原來同時愛上了那個撐渡船的外孫女。這事情在本地人說來並不稀奇，邊地俗話說："火是各處可燒的，水是各處可流的，日月是各處可照的，愛情是各處可到的。"有錢船總兒子，愛上一個弄渡船的窮人家女兒，不能成為稀罕的新聞，有一點困難處，只是這兩兄弟到了誰應取得這個女人作媳婦時，是不是也還得照茶峒人規矩，來一次流血的掙扎？

　　兄弟兩人在這方面是不至於動刀的，但也不作興有"情人奉讓"如大都市懦怯男子愛與仇對面時作出的可笑行為。

　　那哥哥同弟弟在河上游一個造船的地方，看他家中那一隻新船，在新船旁把一切心事全告給了弟弟，且附帶說明，這點愛還是兩年前植下根基的。弟弟微笑着，把話聽下去。兩人從造船處沿了河岸又走到王鄉紳新碾坊去，那大哥就說：

　　"二老，你倒好，作了團總女婿，有座碾坊；我呢，若把事情弄好了，我應當接那個老的手來划渡船了。我歡喜這個事情，我還想把碧溪岨兩個山頭買過來，在界線上種大南竹，圍着這一條小溪作為我的砦子！"

那二老仍然的聽着，把手中拿的一把彎月形鐮刀隨意斫削路旁的草木，到了碾坊時，卻站住了向他哥哥説：

"大老，你信不信這女子心上早已有了個人？"

"我不信。"

"大老，你信不信這碾坊將來歸我？"

"我不信。"

兩人於是進了碾坊。

二老説："你不必——大老，我再問你，假若我不想得這座碾坊，卻打量要那隻渡船，而且這念頭也是兩年前的事，你信不信呢？"

那大哥聽來真着了一驚，望了一下坐在碾盤橫軸上的儺送二老，知道二老不是開玩笑，於是站近了一點，伸手在二老肩上拍打了一下，且想把二老拉下來。他明白了這件事，他笑了。他説，"我相信的，你説的是真話！"

二老把眼睛望着他的哥哥，很誠實的説：

"大老，相信我，這是真事。我早就那麼打算到了。家中不答應，那邊若答應了，我當真預備去弄渡船的！——你告我，你呢？"

"爸爸已聽了我的話，為我要城裡的楊馬兵做保山，向划渡船説親去了！"大老説到這個求親手續時，好像知道二老要笑他，又解釋要保山去的用意，只是因為老的説車有車路，馬有馬路，我就走了車路。

「結果呢？」

「得不到什麼結果。老的口上含李子，説不明白。」

「馬路呢？」

「馬路呢，那老的説若走馬路，得在碧溪岨對溪高崖上唱三年六個月的歌。把翠翠心唱軟，翠翠就歸我了。」

「這並不是個壞主張！」

「是呀，一個結巴人話説不出還唱得出。可是這件事輪不到我了。我不是竹雀，不會唱歌。鬼知道那老的存心是要把孫女兒嫁個會唱歌的水車，還是預備規規矩矩嫁個人！」

「那你怎麼樣？」

「我想告那老的，要他説句實在話。只一句話。不成，我跟船下桃源去了；成呢，便是要我撐渡船，我也答應了他。」

「唱歌呢？」

「這是你的拿手好戲，你要去做竹雀你就去吧，我不會檢馬糞塞你嘴巴的。」

二老看到哥哥那種樣子，便知道為這件事哥哥感到的是一種如何煩惱了。他明白他哥哥的性情，代表了茶峒人粗鹵爽直一面，弄得好，掏出心子來給人也很慷慨作去，弄不好，親舅舅也必一是一二是二。大老何嘗不想在車路上失敗時走馬路；但他一聽到二老的坦白陳述後，他就知道馬路只二老有分，自己的事不能提了。因此他有點氣惱，有點憤慨，自然是無從掩飾的。

二老想出了個主意，就是兩兄弟月夜裡同到碧溪岨去唱歌，莫讓人知道是弟兄兩個，兩人輪流唱下去，誰得到回答，誰便繼續用那張唱歌勝利的嘴唇，服侍那划渡船的外孫女。大老不善於唱歌，輪到大老時也仍然由二老代替。兩人憑命運來決定自己的幸福，這麼辦可說是極公平了。提議時，那大老還以為他自己不會唱，也不想請二老替他作竹雀。但二老那種詩人性格，卻使他很固持的要哥哥實行這個辦法。二老說必需這樣作，一切才公平一點。

大老把弟弟提議想想，作了一個苦笑。"×娘的，自己不是竹雀，還請老弟做竹雀！好，就是這樣子，我們各人輪流唱，我也不要你幫忙，一切我自己來吧。樹林子裡的貓頭鷹，聲音不動聽，要老婆時，也仍然是自己叫下去，不請人幫忙的！"

兩人把事情說妥當後，算算日子，今天十四，明天十五，後天十六，接連而來的三個日子，正是有大月亮天氣。氣候既到了中夏，半夜裡不冷不熱，穿了白家機布汗褂[17]，到那些月光照及的高崖上去，遵照當地的習慣，很誠實與坦白去為一個"初生之犢"的黃花女唱歌。露水降了，歌聲澀了，到應當回家了時，就趁殘月趕回家去。或過那些熟識的整夜工作不息的碾坊裡去，躺到溫暖的穀倉裡小睡，等候天明。一切安排皆極其自然，結果是什麼，兩人雖不明白，但也看得極其自然。兩人便決定了從當夜起始，來作這種為當地習慣所認可的競爭。

十三

　　黃昏來時翠翠坐在家中屋後白塔下，看天空為夕陽烘成桃花色的薄雲。十四中寨逢場，城中生意人過中寨收買山貨的很多，過渡人也特別多，祖父在渡船上忙個不息。天快夜了，別的雀子似乎都在休息了，只杜鵑叫個不息。石頭泥土為白日曬了一整天，草木為白日曬了一整天，到這時節皆放散一種熱氣。空氣中有泥土氣味，有草木氣味，且有甲蟲類氣味。翠翠看着天上的紅雲，聽着渡口飄鄉生意人的雜亂聲音，心中有些兒薄薄的淒涼。

　　黃昏照樣的溫柔，美麗，平靜。但一個人若體念到這個當前一切時，也就照樣的在這黃昏中會有點兒薄薄的淒涼。於是，這日子成為痛苦的東西了。翠翠覺得好像缺少了什麼。好像眼見到這個日子過去了，想在一件新的人事上攀住它，但不成。好像生活太平凡了，忍受不住。

　　"我要坐船下桃源縣過洞庭湖，讓爺爺滿城打鑼去叫我，點了燈籠火把去找我。"

　　她便同祖父故意生氣似的，很放肆的去想到這樣一件事，她且想像她出走後，祖父用各種方法尋覓全無結果，到後如何無可奈何躺在渡船上。

　　人家喊，"過渡，過渡，老伯伯，你怎麼的，不管事！""怎麼的！翠翠走了，下桃源縣了！""那你怎麼辦？""怎麼辦嗎？拿把刀，放在包袱裡，搭下水船去殺了她！"……

　　翠翠彷彿當真聽着這種對話，嚇怕起來了，一面銳聲喊着她的祖父，一面從坎上跑向溪邊渡口去。見到了祖父正把船拉在溪中心，船上人喁喁説着話，小小心子還依然跳躍不已。

"爺爺，爺爺，你把船拉回來呀！"

那老船夫不明白她的意思，還以為是翠翠要為他代勞了，就説：

"翠翠，等一等，我就回來！"

"你不拉回來了嗎？"

"我就回來！"

翠翠坐在溪邊，望着溪面為暮色所籠罩的一切，且望到那隻渡船上一群過渡人，其中有個吸旱煙的打着火鐮吸煙，且把煙桿在船邊剝剝的敲着煙灰，就忽然哭起來了。

祖父把船拉回來時，見翠翠痴痴的坐在岸邊，問她是什麼事，翠翠不作聲。祖父要她去燒火煮飯，想了一會兒，覺得自己哭得可笑，一個人便回到屋中去，坐在黑黝黝的灶邊把火燒燃後，她又走到門外高崖上去，喊叫她的祖父，要他回家裡來，在職務上毫不兒戲的老船夫，因為明白過渡人皆是趕回城中吃晚飯的人，來一個就渡一個，不便要人站在那岸邊呆等，故不上岸來。只站在船頭告翠翠，且讓他做點事，把人渡完事後，就回家裡來吃飯。

翠翠第二次請求祖父，祖父不理會，她坐在懸崖上，很覺悲傷。

天夜了，有一匹大螢火蟲尾上閃着藍光，很迅速的從翠翠身旁飛過去，翠翠想，"看你飛得多遠！"便把眼睛隨着那螢火蟲的明光追去。杜鵑又叫了。

"爺爺，為什麼不上來？我要你！"

在船上的祖父聽到這種帶着嬌有點兒埋怨的聲音，一面粗聲粗氣的答道："翠翠，我就來，我就來！"一面心中卻自言自語："翠翠，爺爺不在了，你將怎麼樣？"

老船夫回到家中時，見家中還黑黝黝的，只灶間有火光，見翠翠坐在灶邊矮條凳上，用手蒙着眼睛。

走過去才曉得翠翠已哭了許久。祖父一個下半天來，皆彎着個腰在船上拉來拉去，歇歇時手也酸了，腰也酸了，照規矩，一到家裡就會嗅到鍋中所燜瓜菜的味道，且可見到翠翠安排晚飯在燈光下跑來跑去的影子。今天情形竟不同了一點。

祖父說："翠翠，我來慢了，你就哭，這還成嗎？我死了呢？"

翠翠不作聲。

祖父又說："不許哭，做一個大人，不管有什麼事都不許哭。要硬扎一點，結實一點，才配活到這塊土地上！"

翠翠把手從眼睛邊移開，靠近了祖父身邊去，"我不哭了。"

兩人吃飯時，祖父為翠翠說到一些有趣味的故事。因此提到了死去了的翠翠的母親。兩人在豆油燈下把飯吃過後，老船夫因為工作疲倦，喝了半碗白酒，因此飯後興致極好，又同翠翠到門外高崖上月光下去說故事。說了些那個可憐母親的乖巧處，同時且說到那可憐母親性格強硬處，使翠翠聽

來神往傾心。

　　翠翠抱膝坐在月光下，傍着祖父身邊，問了許多關於那個可憐母親的故事。間或吁一口氣，似乎心中壓上了些分量沉重的東西。想挪移得遠一點，才吁着這種氣，可是卻無從把那東西挪開。

　　月光如銀子，無處不可照及，山上篁竹在月光下皆成為黑色。身邊草叢中蟲聲繁密如落雨。間或不知道從什麼地方，忽然會有一隻草鶯"落落落落嘘！"囀着它的喉嚨，不久之間，這小鳥兒又好像明白這是半夜，不應當那麼吵鬧，便仍然閉着那小小眼兒安睡了。

　　祖父夜來興致很好，為翠翠把故事說下去，就提到了本城人二十年前唱歌的風氣，如何馳名於川黔邊地。翠翠的父親，便是唱歌的第一手，能用各種比喻解釋愛與憎的結子，這些事也說到了。翠翠母親如何愛唱歌，且如何同父親在未認識以前在白日裡對歌，一個在半山上竹篁裡砍竹子，一個在溪面渡船上拉船，這些事也說到了。

　　翠翠問："後來怎麼樣？"

　　祖父說："後來的事長得很，最重要的事情，就是這種歌唱出了你。"

十四

　　老船夫做事累了睡了，翠翠哭倦了也睡了。翠翠不能忘記祖父所說的事情，夢中靈魂為一種美妙歌聲浮起來了，彷佛輕輕的各處飄着，上了白塔，下了菜園，到了船上，又復飛竄過懸崖半腰——去作什麼呢？摘虎耳草[18]！白日裡拉船時，她仰頭望着崖上那些肥大虎耳草已極熟習。崖壁三五丈高，平時攀折不到手，這時節卻可以選頂大的葉子作傘。

一切皆像是祖父說的故事，翠翠只迷迷糊糊的躺在粗麻布帳子裡草薦上，以為這夢做得頂美頂甜。祖父卻在床上醒着，張起個耳朵聽對溪高崖上的人唱了半夜的歌。他知道那是誰唱的，他知道是河街上天保大老走馬路的第一着，又憂愁又快樂的聽下去。翠翠因為日裡哭倦了，睡得正好，他就不去驚動她。

第二天天一亮，翠翠就同祖父起身了，用溪水洗了臉，把早上說夢的忌諱去掉了，翠翠趕忙同祖父去說昨晚上所夢的事情。

"爺爺，你說唱歌，我昨天就在夢裡聽到一種頂好聽的歌聲，又軟又纏綿，我像跟了這聲音各處飛，飛到對溪懸崖半腰，摘了一大把虎耳草，得到了虎耳草，我可不知道把這個東西交給誰去了。我睡得真好，夢的真有趣！"

祖父溫和悲憫的笑着，並不告給翠翠昨晚上的事實。

祖父心裡想："做夢一輩子更好，還有人在夢裡作宰相中狀元咧。"

昨晚上唱歌的，老船夫還以為是天保大老，日來便要翠翠守船，借故到城裡去送藥，探聽情況。在河街見到了大老，就一把拉住那小夥子，很快樂的說：

"大老，你這個人，又走車路又走馬路，是怎樣一個狡猾

東西！"

但老船夫卻作錯了一件事情，把昨晚唱歌人"張冠李戴"
了。這兩弟兄昨晚上同時到碧溪岨去，為了作哥哥的走車路
佔了先，無論如何也不肯先開腔唱歌，一定得讓那弟弟先
唱。弟弟一開口，哥哥卻因為明知不是敵手，更不能開口
了。翠翠同她祖父晚上聽到的歌聲，便全是那個儺送二老所
唱的。大老伴弟弟回家時，就決定了同茶峒地方離開，駕家
中那隻新油船下駛，好忘卻了上面的一切。這時正想下河去
看新船裝貨。老船夫見他神情冷冷的，不明白他的意思，就
用眉眼做了一個可笑的記號，表示他明白大老的冷淡是裝成
的，表示他有消息可以奉告。

他拍了大老一下，輕輕的說：

"你唱得很好，別人在夢裡聽着你那個歌，為那個歌帶得
很遠，走了不少的路！你是第一號，是我們地方唱歌第一
號。"

大老望着弄渡船的老船夫涎皮的老臉，輕輕的說：

"算了吧，你把寶貝女兒送給了會唱歌的竹雀吧。"

這句話使老船夫完全弄不明白它的意思。大老從一個吊
腳樓甬道走下河去了，老船夫也跟着下去。到了河邊，見那
隻新船正在裝貨，許多油簍子擱到岸邊。一個水手正在用茅
草紮成長束，備作船舷上擋浪用的茅把，還有人在河邊用脂
油擦槳板。老船夫問那個坐在大太陽下紮茅把的水手，這船
什麼日子下行，誰押船。那水手把手指着大老。老船夫搓着
手說：

「大老，聽我説句正經話，你那件事走車路，不對；走馬路，你有分的！」

那大老把手指着窗口説：「伯伯，你看那邊，你要竹雀做孫女婿，竹雀在那裡啊！」

老船夫抬頭望到二老，正在窗口整理一個魚網。

回碧溪岨到渡船上時，翠翠問：

「爺爺，你同誰吵了架，臉色那樣難看！」

祖父莞爾而笑，他到城裡的事情，不告給翠翠一個字。

十五

大老坐了那隻新油船向下河走去了，留下儺送二老在家。老船夫方面還以為上次歌聲既歸二老唱的，在此後幾個日子裡，自然還會聽到那種歌聲。一到了晚間就故意從別樣事情上，促翠翠注意夜晚的歌聲。兩人吃完飯坐在屋裡，因屋前濱水，長腳蚊子一到黃昏就嗡嗡的叫着，翠翠便把蒿艾束成的煙包點燃，向屋中角隅各處晃着驅逐蚊子。晃了一陣，估計全屋子裡已為蒿艾煙氣熏透了，才擱到床前地上去，再坐在小板凳上來聽祖父説話。從一些故事上慢慢的談到了唱歌，祖父話説得很妙。祖父到後發問道：

「翠翠，夢裡的歌可以使你爬上高崖去摘那虎耳草，若當真有誰來在對溪高崖上為你唱歌，你怎麼樣？」祖父把話當笑話説着的。

翠翠便也當笑話答道：「有人唱歌我就聽下去，他唱多

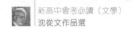
久我也聽多久！”

“唱三年六個月呢？”

“唱得好聽，我聽三年六個月。”

“這不公平吧。”

“怎麼不公平？為我唱歌的人，不是極願意我長遠聽他的歌嗎？”

“照理說：炒菜要人吃，唱歌要人聽。可是人家為你唱，是要你懂他歌裡的意思！”

“爺爺，懂歌裡什麼意思？”

“自然是他那顆想同你要好的真心！不懂那點心事，不是同聽竹雀唱歌一樣了嗎？”

“我懂了他的心又怎麼樣？”

祖父用拳頭把自己腿重重的捶着，且笑着：“翠翠，你人乖，爺爺笨得很，話也不說得溫柔，莫生氣。我信口開河，說個笑話給你聽。你應當當笑話聽。河街天保大老走車路，請保山來提親，我告給過你這件事了，你那神氣不願意，是不是？可是，假若那個人還有個兄弟，走馬路，為你來唱歌，向你求婚，你將怎麼說？”

翠翠吃了一驚，低下頭去。因為她不明白這笑話有幾分真，又不清楚這笑話是誰謅的。

祖父說：“你告訴我，願意哪一個？”

翠翠便微笑着輕輕的帶點兒懇求的神氣說：

“爺爺莫說這個笑話吧。”翠翠站起身了。

“我說的若是真話呢？”

"爺爺你真是個……"翠翠説着走出去了。

祖父説："我説的是笑話，你生我的氣嗎？"

翠翠不敢生祖父的氣，走近門限邊時，就把話引到另外一件事情上去："爺爺看天上的月亮，那麼大！"説着，出了屋外，便在那一派清光的露天中站定。站了一忽兒，祖父也從屋中出到外邊來了。翠翠於是坐到那白日裡為強烈陽光曬熱的岩石上去，石頭正散發日間所儲的餘熱。祖父就説："翠翠，莫坐熱石頭，免得生坐板瘡。"

但自己用手摸摸後，自己便也坐到那岩石上了。

月光極其柔和，溪面浮着一層薄薄白霧，這時節對溪若有人唱歌，隔溪應和，實在太美麗了。翠翠還記着先前祖父説的笑話。耳朵又不聾，祖父的話説得極分明，一個兄弟走馬路，唱歌來打發這樣的晚上，算是怎麼回事？她似乎為了等着這樣的歌聲，沉默了許久。

她在月光下坐了一陣，心裡卻當真願意聽一個人來唱歌。久之，對溪除了一片草蟲的清音複奏以外別無所有。翠翠走回家裡去，在房門邊摸着了那個蘆管，拿出來在月光下自己吹着。覺吹得不好，又遞給祖父要祖父吹。老船夫把那個蘆管豎在嘴邊，吹了個長長的曲子，翠翠的心被吹柔軟了。

翠翠依傍祖父坐着，問祖父：

"爺爺，誰是第一個做這個小管子的人？"

"一定是個最快樂的人，因為他分給人的也是許多快樂；可又像是個最不快樂的人作的，因為他同時也可以引起人不快樂！”

“爺爺，你不快樂了嗎？生我的氣了嗎？”

“我不生你的氣。你在我身邊，我很快樂。”

“我萬一跑了呢？”

“你不會離開爺爺的。”

“萬一有這種事，爺爺你怎麼樣？”

“萬一有這種事，我就駕了這隻渡船去找你。”

翠翠嗤的笑了。“鳳灘、茨灘不為凶，下面還有繞雞籠；繞雞籠也容易下，青浪灘浪如屋大。爺爺，你渡船也能下鳳灘、茨灘、青浪灘嗎？那些地方的水，你不說過像瘋子嗎？”

祖父說：“翠翠，我到那時可真像瘋子，還怕大水大浪？”

翠翠儼然極認真的想了一下，就說：“爺爺，我一定不走。可是，你會不會走？你會不會被一個人抓到別處去？”

祖父不作聲了，他想到被死亡抓走那一類事情。

老船夫打量着自己被死亡抓走以後的情形，痴痴的看望天南角上一顆星子，心想：“七月八月天上方有流星，人也會在七月八月死去吧？”又想起白日在河街上同大老談話的經過，想起中寨人陪嫁的那座碾坊，想起二老，想起一大堆事情，心中有點兒亂。

翠翠忽然說：“爺爺，你唱個歌給我聽聽，好不好？”

祖父唱了十個歌，翠翠傍在祖父身邊，閉着眼睛聽下去，等到祖父不作聲時，翠翠自言自語說：“我又摘了一把虎耳草了。”

祖父所唱的歌便是那晚上聽來的歌。

十六

二老有機會唱歌卻從此不再到碧溪岨唱歌。十五過去了，十六也過去了，到了十七，老船夫忍不住了，進城往河街去找尋那個年青小夥子，到城門邊正預備入河街時，就遇着上次為大老作保山的楊馬兵，正牽了一匹騾馬預備出城，一見老船夫，就拉住了他：

"伯伯，我正有事情告你，碰巧你就來城裡！"

"什麼事？"

"天保大老坐下水船到茨灘出了事，閃不知這個人掉到灘下漩水裡就淹壞了。早上順順家裡得到這個信，聽說二老一早就趕去了。"

這消息同有力巴掌一樣重重的摑了他那麼一下，他不相信這是當真的消息。他故作從容的說：

"天保大老淹壞了嗎？從不聽說有水鴨子被水淹壞的！"

"可是那隻水鴨子仍然有那麼一次被淹壞了……我贊成你的卓見，不讓那小子走車路十分順手。"

從馬兵言語上，老船夫還十分懷疑這個新聞，但從馬兵神氣上注意，老船夫卻看清楚這是個真的消息了。他慘慘的說：

"我有什麼卓見可言？這是天意！一切都有天意……"老船夫說時心中充滿了感情。

　　特為證明那馬兵所說的話有多少可靠處，老船夫同馬兵分手後，於是匆匆趕到河街上去。到了順順家門前，正有人燒紙錢，許多人圍在一處說話。走近去聽聽，所說的便是楊馬兵提到的那件事。但一到有人發現了身後的老船夫時，大家便把話語轉了方向，故意來談下河油價漲落情形了。老船夫心中很不安，正想找一個比較要好的水手談談。

　　一會船總順順從外面回來了，樣子沉沉的，這豪爽正直的中年人，正似乎為不幸打倒努力想掙扎爬起的神氣，一見到老船夫就說：

　　"老伯伯，我們談的那件事情吹了吧。天保大老已經壞了，你知道了吧？"

　　老船夫兩隻眼睛紅紅的，把手搓着，"怎麼的，這是真事！是昨天，是前天？"

　　另一個像是趕路同來報信的，插嘴說道："十六中上，船擱到石包子上，船頭進了水，大老想把篙撤着，人就彈到水中去了。"

　　老船夫說："你眼見他下水嗎？"

　　"我還與他同時下水！"

　　"他說什麼？"

　　"什麼都來不及說！這幾天來他都不說話！"

　　老船夫把頭搖搖，向順順那麼怯怯的溜了一眼。船總順順像知道他心中不安處，就說："伯伯，一切是天，算了吧。我這裡有大興場人送來的好燒酒，你拿一點去喝罷。"一個夥計用竹筒上了一筒酒，用新桐木葉蒙着筒口，交給了老船夫。

老船夫把酒拿走，到了河街後，低頭向河碼頭走去，到河邊天保大前天上船處去看看。楊馬兵還在那裡放馬到沙地上打滾，自己坐在柳樹蔭下乘涼。老船夫就走過去請馬兵試試那大興場的燒酒，兩人喝了點酒後，興致似乎皆好些了，老船夫就告給楊馬兵，十四夜裡二老過碧溪岨唱歌那件事情。

那馬兵聽到後便說：

"伯伯，你是不是以為翠翠願意二老應該派歸二老……"

話沒說完，儺送二老卻從河街下來了。這年青人正像要遠行的樣子，一見了老船夫就回頭走去。楊馬兵就喊他說："二老，二老，你來，有話同你說呀！"

二老站定了，很不高興神氣，問馬兵"有什麼話說"。馬兵望望老船夫，就向二老說："你來，有話說！"

"什麼話？"

"我聽人說你已經走了——你過來我同你說，我不會吃掉你！"

那黑臉寬肩膊，樣子虎虎有生氣的儺送二老，勉強笑着，到了柳蔭下時，老船夫想把空氣緩和下來，指着河上游遠處那座新碾坊說："二老，聽人說那碾坊將來是歸你的！歸了你，派我來守碾子，行不行？"

二老彷彿聽不慣這個詢問的用意，便不作聲。楊馬兵看風頭有點兒僵，便說："二老，你怎麼的，預備下去嗎？"那年青人把頭點點，不再說什麼，就走開了。

　　老船夫討了個沒趣，很懊惱的趕回碧溪岨去，到了渡船上時，就裝作把事情看得極隨便似的，告給翠翠。

　　"翠翠，今天城裡出了件新鮮事情，天保大老駕油船下辰州，運氣不好，掉到茨灘淹壞了。"

　　翠翠因為聽不懂，對於這個報告最先好像全不在意。祖父又說：

　　"翠翠，這是真事。上次來到這裡做保山的楊馬兵，還說我早不答應親事，極有見識！"

　　翠翠瞥了祖父一眼，見他眼睛紅紅的，知道他喝了酒，且有了點事情不高興，心中想："誰撩你生氣？"船到家邊時，祖父不自然的笑着向家中走去。翠翠守船，半天不聞祖父聲息，趕回家去看看，見祖父正坐在門檻上編草鞋耳子。

　　翠翠見祖父神氣極不對，就蹲到他身前去。

　　"爺爺，你怎麼的？"

　　"天保當真死了！二老生了我們的氣，以為他家中出這件事情，是我們分派的！"

　　有人在溪邊大聲喊渡船過渡，祖父匆匆出去了。翠翠坐在那屋角隅稻草上，心中極亂，等等還不見祖父回來，就哭起來了。

十七

　　祖父似乎生誰的氣，臉上笑容減少了，對於翠翠方面也不大注意了。翠翠像知道祖父已不很疼她，但又像不明白它的原因。但這並不是很久的事，日子一過去，也就好了。兩人仍然划船過日子，一切依舊，唯對於生活，卻彷彿什麼地方有了個看不見的缺口，始終無法填補起來。祖父過河街去仍然可以得到船總順順的款待，但很明顯的事，那船總卻並不忘掉死去者死亡的原因。二老出北河下辰州走了六百里，沿河找尋那個可憐哥哥的屍骸，毫無結果，在各處稅關上貼下招字，返回茶峒來了。過不久，他又過川東去辦貨，過渡時見到老船夫。老船夫看看那小夥子，好像已完全忘掉了從前的事情，就同他說話。

"二老，大六月日頭毒人，你又上川東去，不怕辛苦？"

"要飯吃，頭上是火也得上路！"

"要吃飯！二老家還少飯吃！"

"有飯吃，爹爹說年青人也不應該在家中白吃不作事！"

"你爹爹好嗎？"

"吃得做得，有什麼不好。"

"你哥哥壞了，我看你爹爹為這件事情也好像萎悴多了！"

二老聽到這句話，不作聲了，眼睛望着老船夫屋後那個白塔。他似乎想起了過去那個晚上那件舊事，心中十分惆悵。

老船夫怯怯的望了年青人一眼，一個微笑在臉上漾開。

"二老，我家翠翠說，五月裡有天晚上，做了個夢……"說時他又望望二老，見二老並不驚訝，也不厭煩，於是又接着說，"她夢得古怪，說在夢中被一個人的歌聲浮起來，上

懸岩摘了一把虎耳草！"

二老把頭偏過一旁去作了一個苦笑，心中想到"老頭子倒會做作"。這點意思在那個苦笑上，彷彿同樣洩露出來，仍然被老船夫看到了，老船夫就說："二老，你不信嗎？"

那年青人說："我怎麼不相信？因為我做傻子在那邊岩上唱過一晚的歌！"

老船夫被一句料想不到的老實話窘住了，口中結結巴巴的說："這是真的…這是假的……"

"怎麼不是真的？天保大老的死，難道不是真的！"

"可是，可是……"

老船夫的做作處，原意只是想把事情弄明白一點，但一起始自己敘述這段事情時，方法上就有了錯處，因此反被二老誤會了。他這時正想把那夜的情形好好說出來，船已到了岸邊。二老一躍上了岸，就想走去。老船夫在船上顯得更加忙亂的樣子說：

"二老，二老，你等等，我有話同你說，你先前不是說到那個——你做傻子的事情嗎？你並不傻，別人才當真叫你那歌弄成傻相！"

那年青人雖站定了，口中卻輕輕的說："得了夠了，不要說了。"

老船夫說："二老，我聽人說你不要碾子要渡船，這是楊馬兵說的，不是真的吧？"

那年青人說："要渡船又怎樣？"

老船夫看看二老的神氣，心中忽然高興起來了，就情不

自禁的高聲叫着翠翠，要她下溪邊來。可是，不知翠翠是故
意不從屋裡出來，還是到別處去了，許久還不見到翠翠的影
子，也不聞這個女孩子的聲音。二老等了一會，看看老船夫
那副神氣，一句話不説，便微笑着，大踏步同一個挑擔粉條
白糖貨物的腳夫走去了。

　　過了碧溪岨小山，兩人應沿着一條曲曲折折的竹林走
去，那個腳夫這時節開了口：

　　"儺送二老，看那弄渡船的神氣，很歡喜你！"

　　二老不作聲，那人就又説道：

　　"二老，他問你要碾坊還是要渡船，你當真預備做他的孫
女婿，接替他那隻渡船嗎？"

　　二老笑了，那人又説：

　　"二老，若這件事派給我，我要那座碾坊。一座碾坊的出
息，每天可收七升米，三斗糠。"

　　二老説："我回來時向我爹爹去説，為你向中寨人做
媒，讓你得到那座碾坊吧。至於我呢，我想弄渡船是很好
的。只是老傢伙為人彎彎曲曲，不利索，大老是他弄死的。"

　　老船夫見二老那麼走去了，翠翠還不出來，心中很不快
樂。走回家去看看，原來翠翠並不在家。過一會，翠翠提了
個籃子從小山後回來了，方知道大清早翠翠已出門掘竹鞭筍
去了。

　　"翠翠，我喊了你好久，你不聽到！"

　　"喊我做什麼？"

　　"一個過渡……一個熟人，我們談起你……我喊你你可不

答應！"

"是誰？"

"你猜，翠翠。不是陌生人⋯⋯你認識他！"

翠翠想起適間從竹林裡無意中聽來的話，臉紅了，半天不說話。

老船夫問："翠翠，你得了多少鞭筍？"

翠翠把竹籃向地下一倒，除了十來根小小鞭筍外，只是一大把虎耳草。

老船夫望了翠翠一眼，翠翠兩頰緋紅跑了。

十八

日子平平的過了一個月，一切人心上的病痛，似乎皆在那份長長的白日下醫治好了。天氣特別熱，各人只忙着流汗，用涼水淘江米酒吃，不用什麼心事，心事在人生活中，也就留不住了。翠翠每天皆到白塔下背太陽的一面去午睡，高處既極涼快，兩山竹篁裡叫得使人發鬆的竹雀和其他鳥類又如此之多，致使她在睡夢裡盡為山鳥歌聲所浮着，做的夢也便常是頂荒唐的夢。

這並不是人的罪過。詩人們會在一件小事上寫出整本整部的詩，雕刻家在一塊石頭上雕得出骨血如生的人像，畫家一撇兒綠，一撇兒紅，一撇兒灰，畫得出一幅一幅帶有魔力的彩畫，誰不是為了惦着一個微笑的影子，或是一個皺眉的記號，方弄出那麼些古怪成績？翠翠不能用文字，不能用石頭，不能用顏色把那點心頭上的愛憎移到別一件東西上去，卻只讓她的心，在一切頂荒唐事情上馳騁。她從這分穩秘裡，常常得到又驚又喜的興奮。一點兒不可知的未來，搖撼她的情感極厲害，她無從完全把那種痴處不讓祖父知道。

祖父呢，可以說一切都知道了的。但事實上他又卻是個一無所知的人。他明白翠翠不討厭那個二老，卻不明白那小夥子二老怎麼樣。他從船總處與二老處，皆碰過了釘子，但他並不灰心。

"要安排得對一點，方合道理，一切有個命！"他那麼想着，就更顯得好事多磨起來了。睜着眼睛時，他做的夢比那個外孫女翠翠便更荒唐更寥闊。

他向各個過渡本地人打聽二老父子的生活，關切他們如同自己家中人一樣。但也古怪，因此他卻怕見到那個船總同二老了。一見他們他就不知說些什麼，只是老脾氣把兩隻手搓來搓去，從容處完全失去了。二老父子方面皆明白他的意思，但那個死去的人，卻用一個淒涼的印象，鑲嵌到父子心中，兩人便對於老船夫的意思，儼然全不明白似的，一同把日子打發下去。

明明白白夜來並不作夢，早晨同翠翠說話時，那作祖父的會說：

"翠翠，翠翠，我咋晚上做了個好不怕人的夢！"

翠翠問："什麼怕人的夢？"

就裝作思索夢境似的，一面細看翠翠小臉長眉毛，一面說出他另一時張着眼睛所做的好夢。不消說，那些夢原來都

並不是當真怎樣使人嚇怕的。

一切河流皆得歸海，話起始說得縱極遠，到頭來總仍然是歸到使翠翠紅臉那件事情上去。待到翠翠顯得不大高興，神氣上露出受了點小窘時，這老船夫又才像有了一點兒嚇怕，忙着解釋，用閒話來遮掩自己所說到那問題的原意。

"翠翠，我不是那麼說，我不是那麼說。爺爺老了，糊塗了，笑話多咧。"

但有時翠翠卻靜靜的把祖父那些笑話糊塗話聽下去，一直聽到後來還抿着嘴兒微笑。

翠翠也會忽然說道：

"爺爺，你真是有一點兒糊塗！"

祖父聽過了不再作聲，他將說，"我有一大堆心事，"但來不及說，恰好就被過渡人喊走了。

天氣熱了，過渡人從遠處走來，肩上挑得是七十斤擔子，到了溪邊，貪涼快不即走路，必蹲在岩石下茶缸邊喝涼茶，與同伴交換"吹吹棒"煙管，且一面與弄渡船的攀談。許多子虛烏有的話皆從此說出口來，給老船夫聽到了。過渡人有時還因溪水清潔，就溪邊洗腳抹澡的，坐得更久話也就更多。祖父把這些話轉說給翠翠，翠翠也就學懂了許多事情。貨物的價錢漲落呀，坐轎搭船的用費呀，放木筏的人把他那個木筏從灘上流下時，十來把大橈子如何活動呀，在小煙船上吃葷煙，大腳娘如何燒煙呀……無一不備。

儺送二老從川東押物回到了茶峒。時間已近黃昏了，溪面很寂靜，祖父同翠翠在菜園地裡看蘿蔔秧子。翠翠白日中覺睡久了些，覺得有點寂寞，好像聽人嘶聲喊過渡，就爭先走下溪邊去。下坎時，見兩個人站在碼頭邊，斜陽影裡背身看得極分明，正是儺送二老同他家中的長年！翠翠大吃一驚，同小獸物見到獵人一樣，回頭便向山竹林裡跑掉了。但那兩個在溪邊的人，聽到腳步響時，一轉身，也就看明白這件事情了。等了一下再也不見人來，那長年又嘶聲音喊叫過渡。

老船夫聽得清清楚楚，卻仍然蹲在蘿蔔秧地上數菜，心裡覺得好笑。他已見到翠翠走去，他知道必是翠翠看明白了過渡人是誰，故蹲在那高岩上不理會。翠翠人小不管事，過渡人求她不幹，奈何她不得，故只好嘶着個喉嚨叫過渡了。那長年叫了幾聲，見無人來，就停了，同二老說："這是什麼玩意兒，難道老的害病弄翻了，只剩下翠翠一個人了嗎？"二老說："等等看，不算什麼！"就等了一陣。因為這邊在靜靜的等着，園地上老船夫卻在心裡想："難道是二老嗎？"他彷彿擔心攪惱了翠翠似的，就仍然蹲着不動。

但再過一陣，溪邊又喊起過渡來了，聲音不同了一點，這才真是二老的聲音。生氣了吧？等久了吧？吵嘴了吧？老船夫一面胡亂估着一面跑到溪邊去。到了溪邊，見兩個人業已上了船，其中之一正是二老。老船夫驚訝的喊叫：

"呀，二老，你回來了！"

年青人很不高興似的，"回來了。——你們這渡船是怎麼的，等了半天也不來個人！"

"我以為——"老船夫四處一望，並不見翠翠的影子，只

見黃狗從山上竹林裡跑來，知道翠翠上山了，便改口說，
"我以為你們過了渡。"

"過了渡！不得你上船，誰敢開船？"那長年說着，一隻
水鳥掠着水面飛去，"翠鳥兒歸窠了，我們還得趕回家去吃
夜飯！"

"早咧，到河街早咧，"說着，老船夫已跳上了船，且在
心中一面說着，"你不是想承繼這隻渡船嗎！"一面把船索
拉動，船便離岸了。

"二老，路上累得很！……"

老船夫說着，二老不置可否不動感情聽下去。船攏了
岸，那年青小夥子同家中長年挑擔子翻山走了。那點淡漠印
象留在老船夫心上，老船夫於是在兩個人身後，捏緊拳頭威
嚇了三下，輕輕的吼着，把船拉回去了。

十九

翠翠向竹林裡跑去，老船夫半天還不下船，這件事從儺
送二老看來，前途顯然有點不利。雖老船夫言詞之間，無一
句話不在說明"這事有邊"，但那畏畏縮縮的說明，極不得
體，二老想起他的哥哥，便把這件事曲解了。他有一點憤憤
不平，有一點兒氣惱。回到家裡第三天，中寨有人來探口
風，在河街順順家中住下，把話問及順順，想明白二老是不
是還有意接受那座新碾坊，順順就轉問二老自己意見怎麼
樣。

　　二老説："爸爸，你以為這事為你，家中多座碾坊多個人，你可以快活，你就答應了。若果為的是我，我要好好去想一下，過些日子再説它吧。我還不知道我應當得座碾坊，還是應當得一隻渡船；我命裡或只許我撑個渡船！"

　　探口風的人把話記住，回中寨去報命，到碧溪岨過渡時，見到了老船夫，想起二老説的話，不由得不咪咪的笑着。老船夫問明白了他是中寨人，就又問他過茶峒作什麼事。

　　那心中有分寸的中寨人説：

　　"什麼事也不作，只是過河街船總順順家裡坐了一會兒。"

　　"無事不登三寶殿，坐了一定就有話説！"

　　"話倒説了幾句。"

　　"説了些什麼話？"那人不再説了，老船夫卻問道，"聽説你們中寨人想把大河邊一座碾坊連同家中閨女送給河街上順順，這事情有不有了點眉目？"

　　那中寨人笑了，"事情成了。我問過順順，順順很願意同中寨人結親家，又問過那小夥子……"

　　"小夥子意思怎麼樣？"

　　"他説：我眼前有座碾坊，有條渡船，我本想要渡船，現在就決定要碾坊吧。渡船是活動的，不如碾坊固定。這小子會打算盤呢。"

　　中寨人是個米場經紀人，話説得極有斤兩，他明知道"渡船"指的是什麼，但他可並不説穿。他看到老船夫口唇蠕

動，想要説話，中寨人便又搶着説道：

"一切皆是命，半點不由人。可憐順順家那個大老，相貌一表堂堂，會淹死在水裡！"

老船夫被這句話在心上戳了一下，把想問的話咽住了。中寨人上岸走去後，老船夫悶悶的立在船頭，痴了許久。又把二老日前過渡時落漠神氣溫習一番，心中大不快樂。

翠翠在塔下玩得極高興，走到溪邊高岩上想要祖父唱唱歌，見祖父不理會她，一路埋怨趕下溪邊去，到了溪邊方見到祖父神氣十分沮喪，不明白為什麼原因。翠翠來了，祖父看看翠翠的快活黑臉兒，粗鹵的笑笑。對溪有扛貨物過渡的，便不説什麼，沉默的把船拉過溪，到了中心卻大聲唱起歌來了。把人渡了過溪，祖父跳上碼頭走近翠翠身邊來，還是那麼粗鹵的笑着，把手撫着頭額。

翠翠説：

"爺爺怎麼的，你發痧了？你躺到蔭下去歇歇，我來管船！"

"你來管船，好，這隻船歸你管！"

老船夫似乎當真發了痧，心頭發悶，雖當着翠翠還顯出硬扎樣子，獨自走回屋裡後，找尋得到一些碎瓷片，在自己臂上腿上扎了幾下，放出了些烏血，就躺到床上睡了。

翠翠自己守船，心中卻古怪的快樂，心想："爺爺不為我唱歌，我自己會唱！"

她唱了許多歌，老船夫躺在床上閉着眼睛，一句一句聽下去，心中極亂。但他知道這不是能夠把他打倒的大病，他明天就仍然會爬起來的。他想明天進城，到河街去看看，又想起許多旁的事情。

但到了第二天，人雖起了床，頭還沉沉的。祖父當真已病了。翠翠顯得懂事了些，為祖父煎了一罐大發藥，逼着祖父喝，又在屋後菜園地裡摘取蒜苗泡在米湯裡作酸蒜苗。一面照料船隻，一面還時時刻刻抽空趕回家裡來看祖父，問這樣那樣。祖父可不說什麼，只是為一個秘密痛苦着。躺了三天，人居然好了。屋前屋後走動了一下，骨頭還硬硬的，心中惦念到一件事情，便預備進城過河街去。翠翠看不出祖父有什麼要緊事情必須當天進城，請求他莫去。

老船夫把手搓着，估量到是不是應說出那個理由。翠翠一張黑黑的瓜子臉，一雙水汪汪的眼睛，使他吁了一口氣。

他說：「我有要緊事情，得今天去！」

翠翠苦笑着說：「有多大要緊事情，還不是⋯⋯」

老船夫知道翠翠脾氣，聽翠翠口氣已有點不高興，不再說要走了，把預備帶走的竹筒，同扣花裕褲擱到條几上後，帶點兒諂媚笑着說：「不去吧，你擔心我會摔死，我就不去吧。我以為早上天氣不很熱，到城裡把事辦完了就回來——不去也得，我明天去！」

翠翠輕聲的溫柔的說：「你明天去也好，你腿還軟，好好的躺一天再起來。」

老船夫似乎心中還不甘服，灑着兩手走出去，門限邊一個打草鞋的棒槌，差點兒把他絆了一大跤。穩住了時翠翠苦笑着說：「爺爺，你瞧，還不服氣！」老船夫拾起那棒槌，向屋角隅摔去，說道：“爺爺老了！過幾天打豹子給你看！”

到了午後，落了一陣行雨，老船夫卻同翠翠好好商量，仍然進了城。翠翠不能陪祖父進城，就要黃狗跟去。老船夫在城裡被一個熟人拉着談了許久的鹽價米價，又過守備衙門看了一會新買的騾馬，才到河街順順家裡去。到了那裡，見到順順正同三個人打紙牌，不便談話，就站在身後看了一陣牌，後來順順請他喝酒，藉口病剛好點不敢喝酒，推辭了。牌既不散場，老船夫又不想即走，順順似乎並不明白他等着有何話說，卻只注意手中的牌。後來老船夫的神氣倒為另外一個人看出了，就問他是不是有什麼事情。老船夫方忸忸怩怩照老方子搓着他那兩隻大手，說別的事沒有，只想同船總說兩句話。

那船總方明白在看牌半天的理由，回頭對老船夫笑將起來。

“怎不早說？你不說，我還以為你在看我牌學張子！”

“沒有什麼，只是三五句話，我不便掃興，不敢說出。”

船總把牌向桌上一撒，笑着向後房走去了，老船夫跟在身後。

“什麼事？”船總問着，神氣似乎先就明白了他來此要說的話，顯得略微有點兒憐憫的樣子。

“我聽一個中寨人說，你預備同中寨團總打親家，是不是真事？”

船總見老船夫的眼睛盯着他的臉，想得一個滿意的回答，就說：“有這事情。”那麼答應，意思卻是：“有了你怎麼樣？"

老船夫説："真的嗎？"

那一個又很自然的説："真的。"意思卻依舊包含了"真的又怎麼樣？"

老船夫裝得很從容的問："二老呢？"

船總説："二老坐船下桃源好些日子了！"

二老下桃源的事，原來還同他爸爸吵了一陣才走的。船總性情雖異常豪爽，可不願意間接把第一個兒子弄死的女孩子，又來作第二個兒子的媳婦，這是很明白的事情。若照當地風氣，這些事認為只是小孩子的事，大人管不着，二老當真歡喜翠翠，翠翠又愛二老，他也並不反對這種愛怨糾纏的婚姻。但不知怎麼的，老船夫對於這件事的關心，使二老父子對於老船夫反而有了一點誤會。船總想起家庭間的近事，以為全與這老而好事的船夫有關。雖不見諸形色，心中卻有個疙瘩。

船總不讓老船夫再開口了，就語氣略粗的説道：

"伯伯，算了吧，我們的口只應當喝酒了，莫再只想替兒女唱歌！你的意思我全明白，你是好意。可是我也求你明白我的意思，我以為我們只應當談點自己分上的事情，不適宜於想那些年青人的門路了。"

老船夫被一個悶拳打倒後，還想説兩句話，但船總卻不讓他再有説話機會，把他拉出到牌桌邊去。

老船夫無話可説，看看船總時，船總雖還笑着談到許多笑話，心中卻似乎很沉鬱，把牌用力擲到桌上去。老船夫不

說什麼，戴起他那個斗笠，自己走了。

天氣還早，老船夫心中很不高興，又進城去找楊馬兵。那馬兵正在喝酒，老船夫雖推病，也免不了喝個三五杯。回到碧溪岨，走得熱了一點，又用溪水去抹身子。覺得很疲倦，就要翠翠守船，自己回家睡去了。

黃昏時天氣十分鬱悶，溪面各處飛着紅蜻蜓。天上已起了雲，熱風把兩山竹篁吹得聲音極大，看樣子到晚上必落大雨。翠翠守在渡船上，看着那些溪面飛來飛去的蜻蜓，心也極亂。看祖父臉上顏色慘慘的，放心不下，便又趕回家中去。先以為祖父一定早睡了，誰知還坐在門限上打草鞋！

"爺爺，你要多少雙草鞋，床頭上不是還有十四雙嗎？怎麼不好好的躺一躺？"

老船夫不作聲，卻站起身來昂頭向天空望着，輕輕的說："翠翠，今晚上要落大雨響大雷的！回頭把我們的船繫到岩下去，這雨大哩。"

翠翠說："爺爺，我真嚇怕！"翠翠怕的似乎並不是晚上要來的雷雨。

老船夫似乎也懂得那個意思，就說："怕什麼？一切要來的都得來，不必怕！"

二十

夜間果然落了大雨，夾以嚇人的雷聲。電光從屋脊上掠過時，接着就是訇的一個炸電。翠翠在暗中抖着。祖父也醒了，知道她害怕，且擔心她着涼，還起身來把一條布單搭到她身上去。祖父說：

“翠翠，不要怕！”

翠翠說：“我不怕！”說了還想說：“爺爺你在這裡我不怕！”

訇的一個大雷，接着是一種超越雨聲而上的洪大悶重傾圮聲。兩人都以為一定是溪岸懸崖崩塌了，擔心到那隻渡船會壓在崖石下面去了。

祖孫兩人便默默的躺在床上聽雨聲雷聲。

但無論如何大雨，過不久，翠翠卻依然睡着了。醒來時天已亮了，雨不知在何時業已止息，只聽到溪兩岸山溝裡注水入溪的聲音。翠翠爬起身來，看看祖父還似乎睡得很好，開了門走出去。門前已成為一個水溝，一股水便從塔後嘩嘩的流來，從前面懸崖直墮而下。並且各處都是那麼一種臨時的水道。屋旁菜園地已為山水沖亂了，菜秧皆掩在粗砂泥裡了。再走過前面去看看溪裡，才知道溪中也漲了大水，已漫過了碼頭，水腳快到茶缸邊了。下到碼頭去的那條路，正同一條小河一樣，嘩嘩的洩着黃泥水。過渡的那一條橫溪牽定的纜繩，也被水淹沒了，泊在崖下的渡船，已不見了。

翠翠看看屋前懸崖並不崩坍，故當時還不注意渡船的失去。但再過一陣，她上下搜索不到這東西，無意中回頭一看，屋後白塔已不見了。一驚非同小可，趕忙向屋後跑去，才知道白塔業已坍倒，大堆磚石極凌亂的攤在那兒。翠翠嚇慌得不知所措，只銳聲叫她的祖父。祖父不起身，也不答應，就趕回家裡去，到得祖父床邊搖了祖父許久，祖父還不作聲。原來這個老年人在雷雨將息時已死去了。

翠翠於是大哭起來。

過一陣，有從茶峒過川東跑差事的人，到了溪邊，隔溪喊過渡，翠翠正在灶邊一面哭着一面燒水預備為死去的祖父抹澡。

那人以為老船夫一家還不醒，急於過河，喊叫不應，就拋擲小石頭過溪，打到屋頂上。翠翠鼻涕眼淚成一片的走出來，跑到溪邊高崖前站定。

"喂，不早了！把船划過來！"

"船跑了！"

"你爺爺做什麼事情去了呢？他管船，有責任！"

"他管船，管五十年的船——他死了啊！"

翠翠一面向隔溪人說着一面大哭起來。那人知道老船夫死了，得進城去報信，就說：

"真死了嗎？不要哭吧，我回去通知他們，要他們弄條船帶東西來！"

那人回到茶峒城邊時，一見熟人就報告這件事，不多久，全茶峒城裡外都知道這個消息了。河街上船總順順，派人找了一隻空船，帶了副白木匣子，即刻向碧溪岨撐去。城中楊馬兵卻同一個老軍人，趕到碧溪岨去，砍了幾十根大毛竹，用葛藤編作筏子，作為來往過渡的臨時渡船。筏子編好後，撐了那個東西，到翠翠家中那一邊岸下，留老兵守竹筏來往渡人，自己跑到翠翠家去看那個死者，眼淚濕瑩瑩的，摸了一會躺在床上硬僵僵的老友，又趕忙着做些應做的事情。到後幫忙的人來了，從大河船上運來棺木也來了，住在城中的老道士，還帶了許多法器，一件舊麻布道袍，並提了一隻大公雞，來盡義務辦理唸經起水諸事，也從筏上渡過來了。家中人出出進進，翠翠只坐在灶邊矮凳上嗚嗚的哭着。

到了中午，船總順順也來了，還跟着一個人扛了一口袋米，一罈酒，一腿豬肉。見了翠翠就說：

"翠翠，爺爺死了我知道了，老年人是必需死的，不要發愁，一切有我！"各方面看看，就回去了。

到了下午入了殮，一些幫忙的回的回家去了，晚上便只剩下了那老道士、楊馬兵同順順家派來的兩個年青長年。黃昏以前老道士用紅綠紙剪了一些花朵，用黃泥作了一些燭台。天斷黑後，棺木前小桌上點起黃色九品蠟，燃了香，棺木周圍也點了小蠟燭，老道士披上那件藍麻布道服，開始了喪事中繞棺儀式。老道士在前拿着小小紙幡引路，孝子第二，馬兵殿後，繞着那寂寞棺木慢慢轉着圈子。兩個長年則站在灶邊空邊，胡亂的打着鐲鈸。老道士一面閉了眼睛走去，一面且唱且哼，安慰亡靈。提到關於亡魂所到西方極樂世界花香四季時，老馬兵就把木盤裡的紙花，向棺木上高高撒去，象徵西方極樂世界情形。

到了半夜，事情辦完了，放過爆竹，蠟燭也快熄滅了，翠翠淚眼婆娑的，趕忙又到灶邊去燒火，為幫忙的人辦宵夜。吃了宵夜，老道士歪到死人床上睡着了。剩下幾個人還得照規矩在棺木前守靈，老馬兵為大家唱喪堂歌，用個空的

量米木升子，當作小鼓，把手剝剝剝的一面敲着一面唱下去
——唱“王祥臥冰”的事情，唱“黃香搧枕”[19] 的事情。

翠翠哭了一整天，同時也忙了一整天，到這時已倦極，
把頭靠在棺前瞇着了。兩長年同馬兵吃了宵夜，喝過兩杯
酒，精神還虎虎的，便輪流把喪堂歌唱下去。但只一會兒，
翠翠又醒了，彷彿夢到什麼，驚醒後明白祖父已死，於是又
幽幽的哭起來。

“翠翠，翠翠，不要哭啦，人死了哭不回來的！”

禿頭陳四四接着就説了一個做新嫁娘的人哭泣的笑話，
話語中夾雜了三五個粗野字眼兒，因此引起兩個長年咭咭的
笑了許久。黃狗在屋外吠着，翠翠開了大門，到外面去站了
一下，耳聽到各處是蟲聲，天上月色極好，大星子嵌進透藍
天空裡，非常沉靜溫柔。翠翠想：

“這是真事嗎？爺爺當真死了嗎？”

老馬兵原來跟在她的後邊，因為他知道女孩子心門兒
窄，説不定一爐火悶在灰裡，痕跡不露，見祖父去了，自己
一切無望，跳崖懸樑，想跟着祖父一塊兒去，也説不定！故
隨時小心監視到翠翠。

老馬兵見翠翠痴痴的站着，時間過了許久還不回頭，就
打着咳叫翠翠説：

“翠翠，露水落了，不冷麼？”

“不冷。”

“天氣好得很！”

“呀……”一顆大流星使翠翠輕輕的喊了一聲。

接着南方又是一顆流星劃空而下。對溪有貓頭鷹叫。

"翠翠，"老馬兵業已同翠翠並排一塊塊兒站定了，很溫和的說，"你進屋裡睡去吧，不要胡思亂想！"

翠翠默默的回到祖父棺木前面，坐在地上又嗚咽起來。守在屋中兩個長年已睡着了。

楊馬兵便幽幽的說道："不要哭了！不要哭了！你爺爺也難過咧。眼睛哭脹喉嚨哭嘶有什麼好處。聽我說，爺爺的心事我全都知道，一切有我。我會把一切安排得好好的，對得起你爺爺。我會安排，什麼事都會。我要一個爺爺歡喜你也歡喜的人來接收這渡船！不能如我們的意，我老雖老，還能拿鐮刀同他們拚命。翠翠，你放心，一切有我！……"

遠處不知什麼地方雞叫了，老道士在那邊床上糊糊塗塗的自言自語："天亮了嗎？早咧！"

二十一

大清早，幫忙的人從城裡拿了繩索槓子趕來了。

老船夫的白木小棺材，為六個人抬着到那個傾圮了的塔後山岨上去埋葬時，船總順順，馬兵，翠翠，老道士，黃狗皆跟在後面。到了預先掘就的方阱邊，老道士照規矩先跳下去，把一點朱砂顆粒同白米安置到阱中四隅及中央，又燒了一點紙錢，爬出阱時就要抬棺木的人動手下窆[20]。翠翠啞着喉嚨乾號，伏在棺木上不起身。經馬兵用力把她拉開，方能移動棺木。一會兒，那棺木便下了阱，拉去繩子，調整了方向，被新土掩蓋了，翠翠還坐在地上嗚咽。老道士要回城去替人做齋，過渡走了。船總把一切事託給老馬兵，也趕回城去了。幫忙的皆到溪邊去洗手，家中各人還有各人的事，且知道這家人的情形，不便再叨擾，也不再驚動主人，過渡回家去了。於是碧溪岨便只剩下三個人，一個是翠翠，一個是老馬兵，一個是由船總家派來暫時幫忙照料渡船的禿頭陳四四。黃狗因被那禿頭打了一石頭，對於那禿頭彷彿很不高興，盡是輕輕的吠着。

到了下午，翠翠同老馬兵商量，要老馬兵回城去把馬託給營裡人照料，再回碧溪岨來陪她。老馬兵回轉碧溪岨時，禿頭陳四四被打發回城去了。

翠翠仍然自己同黃狗來弄渡船，讓老馬兵坐在溪岸高崖上玩，或嘶着個老喉嚨唱歌給她聽。

過三天後船總來商量接翠翠過家裡去住，翠翠卻想看守祖父的墳山，不願即刻進城。只請船總過城裡衙門去為說句話，許楊馬兵暫時同她住住，船總順順答應了這件事，就走了。

楊馬兵既是個上五十歲了的人，說故事的本領比翠翠祖父高一籌，加之凡事特別關心，做事又勤快又乾淨，因此同翠翠住下來，使翠翠彷彿去了一個祖父，卻新得了一個伯父。過渡時有人問及可憐的祖父，黃昏時想起祖父，皆使翠翠心酸，覺得十分淒涼。但這分淒涼日子過久一點，也就漸漸淡薄些了。兩人每日在黃昏中同晚上，坐在門前溪邊高崖上，談點那個躺在濕土裡可憐祖父的舊事，有許多是翠翠先前所不知道的，説來便更使翠翠心中柔和。又説到翠翠的父親，那個又要愛情又惜名譽的軍人，在當時按照綠營軍勇的裝束，如何使女孩子動心。又説到翠翠的母親，如何善於唱歌，而且所唱的那些歌在當時如何流行。

時候變了，一切也自然不同了，皇帝已不再坐江山，平常人還消説！楊馬兵想起自己年青作馬夫時，牽了馬匹到碧溪岨來對翠翠母親唱歌，翠翠母親不理會，到如今這自己卻成為這孤雛的唯一靠山唯一信託人，不由得不苦笑。

因為兩人每個黃昏必談祖父以及這一家有關係的事情，後來便説到了老船夫死前的一切，翠翠因此明白了祖父活時所不提到的許多事。二老的唱歌，順順大兒子的死，順順父子對於祖父的冷淡，中寨人用碾坊作陪嫁妝奩誘惑儺送二老，二老既記憶着哥哥的死亡，且因得不到翠翠理會，又被家中逼着接受那座碾坊，意思還在渡船，因此賭氣下行，祖父的死因，又如何與翠翠有關……凡是翠翠不明白的事，如今可全明白了。翠翠把事弄明白後，哭了一個夜晚。

過了四七，船總順順派人來請馬兵進城去，商量把翠翠接到他家中去，作為二老的媳婦。但二老人既在辰州，先就莫提這件事，且搬過河街去住，等二老回來時再看二老意思。馬兵以為這件事得問翠翠。回來時，把順順的意思向翠翠説過後，又為翠翠出主張，以為名分既不定妥，到一個生人家裡去不好，還是不如在碧溪岨等，等到二老駕船回來時，再看二老意思。

這辦法決定後，老馬兵以為二老不久必可回來的，就依

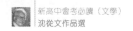
然把馬匹託營上人照料，在碧溪岨為翠翠作伴，把一個一個
日子過下去。

　　碧溪岨的白塔，與茶峒風水有關係，塔圮坍了，不重新
作一個自然不成。除了城中營管，稅局以及各商號各平民捐
了些錢以外，各大寨子也有人拿冊子去捐錢。為了這塔成就
並不是給誰一個人的好處，應盡每個人來積德造福，盡每個
人皆有捐錢的機會，因此在渡船上也放了個兩頭有節的大竹
筒，中部鋸了一口，盡過渡人自由把錢投進去，竹筒滿了馬
兵就捎進城中首事人處去，另外又帶了個竹筒回來。過渡人
一看老船夫不見了，翠翠辮子上紮了白線，就明白那老的已
作完了自己分上的工作，安安靜靜躺到土坑裡去了，必一面
用同情的眼色瞧着翠翠，一面就摸出錢來塞到竹筒中去。
"天保佑你，死了的到西方去，活下的永保平安。"翠翠明白
那些捐錢人的意思，心裡酸酸的，忙把身子背過去拉船。

　　到了冬天，那個圮坍了的白塔，又重新修好了。可是那
個在月下唱歌，使翠翠在睡夢裡為歌聲把靈魂輕輕浮起的年
青人，還不曾回到茶峒來。

　　…………

　　這個人也許永遠不回來了，也許"明天"回來！

一九三三年冬至一九三四年春完成

┃題解┃

　　"邊城"是邊遠、偏僻的小城的意思。這裡的縣治在鎮筸，亦稱鳳

凰廳，所以沈先生在履歷表上"籍貫"一欄裡填的是"湖南鳳凰"。有的作家（如施蟄存先生）稱沈先生為"沈鳳凰"。——以地名作為稱呼，表示對這人的傾倒尊敬，這是中國過去的習慣。《邊城》所寫的小城，地名叫做"茶峒"。

"邊城"不只是一個地理概念，它表示這地方離開大城市，離開現代文明都很遠。離開知識分子很遠，離開當時文學風尚也很遠。沈先生當時的文學界"為一些理論家，批評家，聰明出版家，以及習慣於說謊造謠的文壇消息家，通力協作造成一種習氣所控制所支配，他們的生活，同時又實在與這個作品所提到的世界相去太遠了。他們不需要這種作品，本書也就並不希望得到他們。"沈從文是有意識地和這一些不沾邊的。

但是沈先生並不拋棄所有的讀者。"我這本書只預備給一些'本身已離開學校，或始終就無從接近學校；還認識些中國字，置身於文學理論、文學批評以及說謊造謠消息所達不到的那種職務上，在那個社會裡生活，而且極關心全個民族在空間與時間下所有的好處與壞處'的人去看。他們真知道當前農村是什麼，想知道過去農村是什麼，他們必也願意從這本書上同時還知道世界上一小角隅的農村與軍人。我所寫到的世界，即或在他們全然是一個陌生的世界，然而他們的寬容，他們向一本書去求取安慰與知識的熱忱，卻一定使他們能夠把這本書很從容讀下去的"。

"我的讀者應是有理性，而這點理性便基於對中國現社會變動有所關心，認識這個民族的過去偉大處與目前墮落處，各在那裡很寂寞的從事與民族復興大業的人。這作品或者只能給他們一點懷古的幽情，或者只能給他們一次苦笑，或者又將給他們一個噩夢，但同時也說不定，也許尚能給他們一種勇氣同信心。"

　　這是理解《邊城》的一把鑰匙，也是理解沈老其他作品的鑰匙。

　　希望香港的中學同學從《邊城》感受、了解他們完全不熟悉的另一世界生活，並且從這個小説裡得到一種生活的勇氣與信心。

▌注釋▐

〔1〕茶峒：“峒”音洞（dòng）。部分少數民族如苗族、侗族、壯族聚居地區的泛稱。茶峒因為沈從文小説《邊城》出了名，而許多人又不認識這個“峒”字，現在有人乾脆把“茶峒”寫成了“茶洞”。

〔2〕悖：是違反的意思。

〔3〕黃麂：小型鹿類動物。

〔4〕吊腳樓：房子一半着陸，一半用木柱支撐着，上鋪木板，懸空在水面，叫做“吊腳樓”。

〔5〕紫花布衣褲：本色的白布，並不是染了紫色圖案的布。

〔6〕厘金局：舊中國在水陸關卡設立機關徵收商業税，叫做收厘金。這些關卡便稱為厘金局。

〔7〕幡信：幡是旗幟，可以傳令，故稱幡信。

〔8〕雙料的美孚燈罩：過去中國點燈用煤油。煤油多是美孚洋行進口，於是一般人把點美孚煤油的燈叫做“美孚燈”。美孚燈上罩的玻璃燈罩叫“美孚燈罩”。“雙料的美孚燈罩”是加厚的。

〔9〕“自己既在糧子裡混過日子”，即當過兵。過去把“當兵”叫做“吃糧”。

〔10〕儺送：“儺”讀 nuó。古時驅逐疫鬼的儀式。“大儺”是驅鬼逐疫的舞蹈，源於原始巫舞。湘西人信巫，對儺神很崇拜“儺送”表示這是儺神送來的兒子，一定會得到儺神的保佑，諸事順遂。

〔11〕岳雲：岳飛的兒子，地方戲的岳雲扮相很英俊。

〔12〕梁紅玉老鸛河水戰擂鼓：韓世忠阻擊金兵，梁紅玉擂鼓助戰，實在黃天蕩，不在老鸛河。沈先生此處是誤記。又此句字序似

有小誤。

〔13〕牛皋水擒楊幺：事見小說《精忠說岳傳》。

〔14〕本篇的引文都摘自《邊城題記》。

〔15〕"擺渡的張橫"：張橫是《水滸傳》裡的人物，外號"浪裡白條"。

〔16〕洛陽橋並不是一個晚上造得好的：洛陽橋一稱"萬安橋"，在福建省泉州市東北同惠安縣交界的洛陽江上。由北宋政治家蔡襄主持修建，歷時六年始告竣工（1053－1059）。關於這座橋有許多傳說故事。

〔17〕穿了白家機布汗褂："家機布"是自己家用機織的白布。

〔18〕虎耳草：多年生草本，有匐枝，全株有細毛。葉沿地叢生，狀如心，下面紫紅色。供觀賞。

〔19〕"王祥臥冰"、"黃香搧枕"：這是"二十四孝"裡的故事。王祥的母親病了，冬天想吃魚，王祥就脫光了衣服臥在冰上，冰化了，跳出了一對鯉魚。王祥的母親喝了魚湯，病就好了。黃香的父親怕熱，黃香就在父親睡覺之前，用扇子把枕頭搧涼。一說是黃香躺在蓆子上讓蚊子咬。蚊子吸飽了血，就不會再咬他的父親了。

〔20〕下窆：窆音四，是埋棺的坑。

▎賞析▎

《邊城》可以說是沈先生的代表作。

故事很簡單。

茶峒有一個渡口，渡口有一條渡船。渡船不用篙槳，船頭豎了一枝小竹竿，掛着一個可以活動的鐵環，溪岸兩端水面橫牽了一段竹纜，有人過渡時把鐵環掛在竹纜上，船上人就引手攀緣那條纜索，慢慢的牽船過對岸去。管理渡船的是一個老人。老人身邊有一個孫女，叫翠翠，還有一隻黃狗。

　　鎮筸有個管水碼頭的，名叫順順。順順有大小四隻船，日子過得很寬綽。他仗義疏財，樂於助人。河邊船上有一點小小糾紛，得順順一句話，即刻就解決了。因此很得人望，名聲很好。

　　順順有兩個兒子，老大叫天保，老二叫儺送。一個十八歲，一個十六。

　　兩兄弟都喜歡弄船老人的孫女翠翠。

　　翠翠愛二老，不愛大老。

　　大老因為得不到翠翠的愛，負氣坐船往下水去。船到險灘，擱在石包子上，大老想把篙子撇着，人就彈到水裡去。

　　大老淹壞了，二老儺送覺得大老是因為翠翠死的，心裡有了障礙。

　　他還是愛翠翠的。在和父親拌了兩句嘴之後，也坐船下行了。

　　大雷雨之夜，弄船的老爺爺死了。

　　二老還不回來。

　　"這個人也許永遠不回來了，也許'明天'回來！"

　　這是一個愛情故事，但是寫得很含蓄，很純淨，很清雅。

　　小說生活氣息很濃，不斷穿插許多過端午、划龍船、追鴨子、新娘子、花轎等等細節，是一幅一幅的湘西小城的風俗畫。甚至粉絲、紅蠟燭……都呈現出濃郁的色彩。

　　沈從文是寫景的聖手。他對景色似乎有一種特殊的記憶能力。他說："我想把我一篇作品裡所簡單描繪過的那個小城，介紹到這裡來。這雖然只是一個輪廓，但那地方一切情景，欲浮凸起來，彷彿可用手去摸觸"（《從文自傳·我所生長的地方》）。如：

　　　　……若溯流而上，則三丈五丈的深潭皆清澈見底。深潭為白日所映照，河底小小白石子，有花紋的瑪瑙石子，全看得明明白白。水中游魚來去，全如浮在空氣裡。兩岸多高山，山中多可以造紙的細竹，長年作深翠顏色，逼人眼目。近水人家多在桃杏花裡，春天時只需注意，凡有桃花處必有人家，凡有人家處必可沽酒。夏天則晾曬在日光下耀目的紫花衣褲，可以作為人家所在的旗幟。秋冬來時，房屋在懸崖上的，濱水的，無不朗然入目。黃泥的牆，烏黑的瓦，與四周環境極其調和，使人迎面得到的印象，實在非常愉快。

沈先生不是一個工筆重彩的肖像畫家，不注意刻畫"性格"，他寫人，更注重人的神態、氣質。如寫翠翠：

> 翠翠在風日裡長養着，把皮膚變得黑黑的，觸目為青山綠水，一對眸子清明如水晶。自然既長養她且教育她，為人天真活潑，處處儼然如一隻小獸物。人又那麼乖，如山頭黃鹿一樣，從不想到殘忍事情，從不發愁，從不動氣。平時在渡船上遇陌生人對她有所注意時，便把眼睛瞅着那陌生人，作成隨時皆可舉步逃入深山的神氣，但明白了人無機心後，就又從從容容在水邊玩耍了。

《邊城》是二十"開"淡設色冊頁，互相連續，而又自為首尾，各自成篇的抒情詩。這種結構方法比較少見。這是現代中國難得一見的牧歌。沈先生説這篇故事中"充滿了五月中的斜風細雨，以及那點六月中夏雨欲來時悶人的熱和悶熱中的寂寞"。我們還可以説這裡充滿了春秋兩季的飄飄忽忽的輕雲薄霧。《邊城》是一把花，一個夢。

附錄一

沈從文和他的《邊城》

汪曾祺

《邊城》是沈從文先生所寫的唯一的一個中篇小説。説是中篇小説，是因為篇幅比較長，約有六萬多字；還因它有一個有頭有尾的故事，——沈先生的短篇小説有好些是沒有什麼故事的，如《牛》、《三三》、《八駿圖》……都只是通過一點點小事，寫人的感情、感覺、情緒。

《邊城》的故事其實也很簡單：茶峒山城一里外有一小溪，溪邊有一弄渡船的老人。老人的女兒和一個兵有了私情，和那個兵一同死了，留下一個孤雛，名叫翠翠，老船夫和外孫女相依為命地生活着。茶峒城裡有個在水碼頭上掌事的龍頭大哥順順，順順有兩個兒子，天保和儺送，兩兄弟都愛上翠翠。翠翠愛二老儺送，不愛大老天保。大老天保在失望之下駕船往下游去，失事淹死；儺送因為哥哥的死在心裡結了一個難解疙瘩，也駕船出外了。雷雨之夜，渡船老人死了，剩下翠翠一個人。儺送對翠翠的感情沒有變，但是他一直沒有回來。

就這樣一個簡單的故事，卻寫出了幾個活生生的人物，寫了一首將近七萬字的長詩！

因為故事寫得很美，寫得真實，有人就認為真有那麼一回事。有的華僑青年，讀了《邊城》，回國來很想到茶峒去看看，看看那個溪水、白塔、渡船，看看渡船老人的墳，看看翠翠曾在哪裡吹竹管……

大概是看不到的。這故事是沈從文編出來的。

有沒有一個翠翠？

有的。可她不是在茶峒的碧溪岨，是瀘西縣一個絨線舖的女孩子。《湘行散記》裡說：

> ……在十三個夥伴中我有兩個極好的朋友。……其次是那個年紀頂輕的，名字就叫"儺右"。一個成衣人的獨生子，為人伶俐勇敢，稀有少見。……這小孩子年紀雖小，心可不小！同我們到縣城街轉了三次，就看中一個絨線舖的女孩子，問我借錢向那女孩子買了三次白棉線草鞋帶子……那女孩子名叫"翠翠"，我寫《邊城》故事時，弄渡船的外孫女，明慧溫柔的品性，就從那絨線舖小孩子脫胎出來。[1]

她是瀘西縣的麼？也不是。她是山東嶗山的。

看了《湘行散記》，我很怕上了《燈》裡那個青衣女子同樣的當，把沈先生編的故事信以為真，特地上他家去核對一回，問他翠翠是不是絨線舖的女孩子。他的回答是：

"我們（他和夫人張兆和）上嶗山去，在汽車裡看到出殯的，一個女孩子打着幡。我說：這個我可以幫你寫個小說。"

幸虧他夫人補充了一句："翠翠的性格、形象，是絨線舖那個女孩子。"

沈先生還說："我平生只看過那麼一條渡船，在棉花坡。"那麼，碧溪岨不遠，但總還有一個距離。

讀到這裡，你會立刻想起魯迅所說的臉在那裡，衣服在那裡的那段有名的話。是的，作家醞釀人物形象和故事情節是一個很複雜的過程。1957年，沈先生曾經跟我說過："我們過去寫小說都是真真假假的，哪有現在這樣都是真事的呢。"有一個詩人很欣賞"真真假假"這句話，説是這説明了創作的規律，也説明了什麼是浪漫主義。翠翠，《邊城》，都是想像出來的。然而必須有豐富的生活經驗，積累了眾多的印象，並加上作者的思想、感情和才能，才有可能想像得真實，以至把創作變得好像是報導。

沈從文善於寫中國農村的少女。沈先生筆下的湘西少女不是一個，而是一串。

三三、夭夭、翠翠，她們是那樣的相似，又是那樣的不同。她們都很愛嬌，但是各因身世不同，嬌得不一樣。三三生在小溪邊的碾坊裡，父親早死，跟着母親長大，除了碾坊自溪，足跡所到最遠處只是在堡子裡的總爺家。她雖然已經開始有了一個少女對於"人生"朦朦朧朧的神往，但究竟是個孩子，渾不解事，嬌得有點痴。夭夭是個有錢的桔子園主人的么姑娘，一家子都寵着她。她已經訂了婚，未婚夫是個在城裡讀書的學生。她可以揹了一個特別精緻的背簍，到集市上去採購她所中意的東西，找高手銀匠洗她的粗如手指的銀練子。她能和地方上的小軍官從容説話。她是個"黑裡俏"，性格明朗豁達，口角伶俐。她很嬌，嬌中帶點野。翠翠是個無父無母的孤雛，她也嬌，但是嬌得乖極了。

用文筆描繪少女的外形，是笨人幹的事。沈從文畫少女，主要是畫她的神情，並把她安置在一個顏色美麗的背景上，一些動人的聲音當中。

> ……為了住處兩山多竹篁，翠色逼人而來，老船
> 夫隨便給這個可憐的孤雛，拾取了一個近身的名字，

叫做翠翠。

翠翠在風日裡長養着，把皮膚變得黑黑的，觸目為青山綠水，一對眸子清明如水晶，自然既長養她且教育她。為人天真活潑，處處儼然如一隻小獸物。人又那麼乖，和山頭黃麂一樣，從不想到殘忍事情，從不發愁，從不動氣。平時在渡船上遇陌生人對她有所注意時，便把光光的眼睛瞅着那陌生人，作成隨時都可舉步逃入深山的神氣，但明白了面前的人無機心後，就又從從容容在溪邊玩耍了。

風日清和的天氣，無人過渡，鎮日長閒，祖父同翠翠便坐在門前大岩石上曬太陽；或把一段木頭從高處向水中拋去，嗾使身邊黃狗從岩石高處躍下，把木頭銜回來；或翠翠與黃狗皆張着耳朵，聽祖父說些城中多年以前的戰爭故事；或祖父同翠翠兩人，各把小竹作成的豎笛，逗在嘴邊吹着迎親送女的曲子，過渡人來了，老船夫放下了竹管，獨自跟到船邊去橫溪渡人。在岩上的一個，見船開動時，於是銳聲喊着：

"爺爺，爺爺，你聽我吹，你唱！"

爺爺到溪中央於是很快樂的唱起來，啞啞的聲音，振蕩寂靜的空氣裡，溪中彷彿也熱鬧了些。實則歌聲的來復，反而使一切更加寂靜。

篁竹、山水、笛聲，都是翠翠的一部分。它們共同在你們心裡造

成這女孩子美的印象。

翠翠的美，美在她的性格。

《邊城》是寫愛情的，寫中國農村的愛情，寫一個剛剛進入青春期的農村女孩子的愛情。這種愛是那樣的純粹，那樣不俗，那樣像空氣裡小花、青草的香氣，像風送來的小溪流水的聲音，若有若無，不可捉摸，然而又是那樣的實實在在，那樣的真。這樣的愛情叫人想起古人說得很好，但不大為人所理解的一句話：思無邪。

沈從文的小說往往是用季節的顏色、聲音來計算時間的。

翠翠的愛情的發展是跟幾個端午節聯在一起的。

翠翠十五歲了。

端午節又快到了。

傳來了龍船下水預習的鼓聲。

　　　蓬蓬鼓聲掠水越山到了渡夫那裡時，最先注意到的是那隻黃狗。那黃狗汪汪的吠着，受了驚似的繞屋亂走；有人過渡時，便隨船渡過河東岸去，且跑到那小山頭向城裡一方面大吠。

　　　翠翠正坐在門外大石山用棕葉編蚱蜢、蜈蚣玩，見黃狗先在太陽下睡着，忽然醒來便發瘋似的亂跑，過了河又回來，就問它罵它：

　　　"狗、狗，你做什麼！不許這樣子！"

"可是一會兒那遠處聲音被她發現了，她於是也繞屋跑着，並且同黃狗一塊兒渡過了小溪，站在小山頭聽了許久，讓那點迷人的鼓聲，把自己帶到一個過去的節日裡去。"兩年前的一個節日裡去。

作者這裡用了倒敘。

兩年前,翠翠才十三歲。

這一年的端午,翠翠是難忘的。因為她遇見了儺送。

翠翠還不大懂事。她和爺爺一同到茶峒城裡去看龍船,爺爺走開了,天快黑了,看龍船的人都回家了,翠翠一個人等爺爺,儺送見了她,把她還當一個孩子,很關心地對她說了幾句話,翠翠還誤會了,罵了人家一句:「你個悖時砍腦殼的!」及至儺送好心派人打火把送她回去,她才知道剛才那人就是出名的儺送二老,「記起自己先前罵人那句話,心裡又吃驚又害羞,再也不說什麼,默默地隨了那火把走了」。到了家,「另外一件事,屬於自己不關祖父的,卻使翠翠沉默了一個夜晚」。這寫得非常含蓄。

翠翠過了兩個中秋,兩個新年,但「總不如那個端午所經過的事甜而美」。

十五歲的端午不是翠翠所要的那個端午。「從祖父和那長年談話裡,翠翠聽明白了二老是在下游六百里外沅水中部青浪灘過端午的。」未及見二老,倒見到大老天保。大老還送他們一隻鴨子。回家時,祖父說:「順順真是好人,大方得很。大老也很好。這一家人都好!」翠翠說:「一家人都好,你認識他們一家人嗎?」祖父不明白這句話的意思所在,聰明的讀者是明白的。路上祖父說了假如大老請人來做媒的笑話,「翠翠着了惱,把火炬向路兩旁亂晃着,向前快快的走去了」。

「翠翠,莫鬧,我摔到河裡去了,鴨子會走脫的!」

「誰也不稀罕那隻鴨子!」

翠翠向前走去,忽然停住了發悶:

「爺爺,你的船是不是正在下青浪灘呢?」

這一句沒頭沒腦的問話，説出了這女孩子的心正在飛向什麼所在。

端午又來了。翠翠長大了，十六了。

翠翠和爺爺到城裡看龍船。

未走之前，先有許多曲折。祖父和翠翠在三天前業已預先約好，祖父守船，翠翠同黃狗過順順吊腳樓去看熱鬧。翠翠先不答應，後來答應了。但過了一天，翠翠又翻悔，以為要看兩人去看，要守船兩人守船。初五大早，祖父上城買辦過節的東西。翠翠獨自在家，看看過渡的女孩子，唱唱歌，心上浸入了一絲兒淒涼。遠處鼓聲起來了，她知道繪有朱紅長線的龍船這時節已下河了。細雨下個不止，溪面一片煙。將近吃早飯時節，祖父回來了，辦了節貨，卻因為到處請人喝酒，被順順把個酒葫蘆扣下了。正像翠翠所預料的那樣，酒葫蘆有人送回來了。送葫蘆回來的是二老。二老向翠翠説："翠翠，吃了飯，和你爺爺到我家吊腳樓上去看划船吧？"翠翠不明白這陌生人的好意，不懂得為什麼一定要到他家中去看船，抿着小嘴笑笑。到了那裡，祖父離開去看一個水碾子。翠翠看見二老頭上包着紅布，在龍船上指揮，心中便印着兩年前的舊事。黃狗不見了，翠翠便離了座位，各處去尋她的黃狗。在人叢中卻聽到兩個不相干的婦人談話。談的是砦子上王鄉紳想把女兒嫁給二老，用水碾子作陪嫁。二老喜歡一個撑渡船的。翠翠臉發火燒。二老船過吊腳樓，失足落水，爬起來上岸，一兒翠翠就説："翠翠，你來了，爺爺也來了嗎？"翠翠臉還發燒，不便作聲，心想"黃狗跑到什麼地方去了呢！"二老又説："怎不到我家樓上去看呢？我已經要人替你弄了個好位子。"翠翠心想："碾坊陪嫁，稀奇事情咧。"翠翠到河下時，小小心腔中充滿一種説不分明的東西。翠翠鋭聲叫黃狗，黃狗撲下水中，向翠翠方面泅來。到身

110

邊時，身上全是水。翠翠説：「得了，狗，裝什麼瘋！你又不翻船，誰要你落水呢？」爺爺來了，説了點瘋話。爺爺説：「二老捉得鴨子，一定又會送給我們的。」話不及説完，二老來了，站在翠翠面前微微笑着。翠翠也不由不抿着嘴微笑着。

順順派媒人來為大老天保提親。祖父説得問問翠翠。祖父叫翠翠，翠翠拿了一簸箕豌豆上了船。「翠翠，翠翠，先前那個人來作什麼，你知道不知道？」翠翠説：「我不知道。」説後臉同脖頸全紅了。翠翠弄明白了，人來做媒的是大老！不曾把頭抬起，心忡忡地跳着，臉燒得厲害，仍然剝她的豌豆，且隨手把空豆莢拋到水中去，望着它們在流水中從從容容流去，自己也儼然從容了許多。又一次，祖父説了個笑話，説大老請保山來提親，翠翠那神氣不願意；假若那個人還有個兄弟，想來為翠翠唱歌，攀交情，翠翠將怎麼説。翠翠吃了一驚，勉強笑着，輕輕的帶點懇求的神氣説：「爺爺，莫説這個笑話吧。」翠翠説：「看天上的月亮，那麼大！」説着出了屋外，便在那一派清光的露天中站定。

……

有個女同志，過去很少看過沈從文的小説，看了《邊城》提出了一個問題：「他怎麼能把女孩子的心捉摸得那麼透，把一些細微曲折的地方都寫出來了？這些東西我們都是有過的，——沈從文是個男的。」我想了想，只好説：「曹雪芹也是個男的。」

沈先生在給我們上創作課的時候，經常説的一句話，是：「要貼到人物來寫。」他還説：「要滾到裡面去寫。」他的話不太好懂。他的意思是説：筆要緊緊地靠近人物的感情、情緒，不要游離開，不要置身在人物之外。要和人物同呼吸，共哀樂，拿起筆來以後，要隨時和人物生活在一起，除了人物，什麼都不想，用志不紛，一心一意。

首先要有一顆仁者之心，愛人物，愛這些女孩子，才能體會到她們的許多飄飄忽忽的，跳動的心事。

祖父也寫得很好。這是一個古樸、正直、本分、盡職的老人。某些地方，特別是為孫女的事進行打聽、試探的時候，又有幾分狡獪，狡獪中仍帶着嫵媚。主要的還是寫了老人對這個孤雛的憐愛，一顆隨時為翠翠而跳動的心。

黃狗也寫得很好。這條狗是這一家的成員之一，它參與了他們的全部生活，全部的命運。一條懂事的、通人性的狗。——沈從文非常善於寫動物，寫牛、寫小豬、寫雞，寫這些農村中常見的，和人一同生活的動物。

大老、二老、順順都是側面寫的，筆墨不多，也都給人留下頗深的印象。包括那個楊馬兵、毛伙、一個是一個。

沈從文不是一個雕塑家，他是一個畫家。一個風景畫的大師。他畫的不是油畫，是中國的彩墨畫，筆致疏朗，着色明麗。

沈先生的小說中有很多篇描寫湘西風景的，各不相同。《邊城》寫酉水：

> 那條河水便是歷史上知名的酉水，新名字叫做白河。白河下游到辰州與沅水匯流後，便略顯渾濁，有出山泉水的意思。靠溯流而上，則三丈五丈的深潭，清澈見底。深潭中為白的所映照，河底小的石子，有花紋的瑪瑙石子，全看得明明白白。水中游魚來去，全如浮在空氣裡。兩岸多高山，山中多可以造紙的細

竹,長年作深翠顏色,逼人眼目。近水人家多在桃杏
花裡。春天時只需注意,凡有桃花處必有人家,凡有
人家處必可沽酒。夏天則晾曬在日光下耀目的紫花布
衣褲,可以作為人家所在的旗幟。秋冬來時,酉水中
游如王村、岔葇、保靖、里邪和許多無石山村,人家
房屋在懸岩上的,濱水面,無不朗然入目。黃泥的
牆,烏黑的瓦,位置卻那麼妥貼,且與四周環境極其
調和,使人仰面得到的印象,實在非常愉快。

描寫風景,是中國文學的一個悠久傳統。晉宋時期形成山水詩。
吳均的《與宋元思書》是寫江南風景的名著。柳宗元的《永州八記》,
蘇東坡、王安石的許多遊記,明代的袁氏兄弟、張岱,這些寫風景的
高手,都是會對沈先生有啟發的。其中沈先生最為欽佩的,據我所
知,是酈道元的《水經注》。

古人的記敘雖可資借鑒,主要還得靠本人親自去感受,養成對於
形體、顏色、聲音、乃至氣味的敏感,並有一種特殊的記憶力,能把
各種印象保存在記憶裡,要用時即可移到紙上。沈先生從小就愛各處
去看,去聽、去聞嗅。"我的心總得為一種新鮮聲音、新鮮顏色、新
鮮氣味而跳。"(《從文自傳》)

雨後放晴的天氣,日頭炙到人肩上、背上已有了
點力量。溪邊蘆葦水楊柳,菜園中菜蔬,莫不繁榮滋
茂,帶着一種有野性的生氣。草叢裡綠色蚱蜢各處飛
着,翅膀搏動空氣時嗦嗦作聲。枝頭新蟬聲音雖不成
腔,卻也漸漸宏大。兩山深翠逼人和竹篁中,有黃鳥
和竹雀、杜鵑交逼鳴叫。翠翠感覺着,望着,聽着,

同時也思索着⋯⋯

這是夏季的白天。

月光如銀子，無處不可照及，山上竹篁在月光下變成一片黑色。身邊草叢中蟲聲繁密如落雨，間或不知從什麼地方，忽然會有一隻草鶯"嗞嗞嗞嗞嘘！"轉着它的喉嚨，不久之間，這小鳥兒又好像明白這是半夜，不應當那麼吵鬧，便仍然閉着那小小眼兒安睡了。

這是夏天的夜。

小飯店門前長案上常有煎得焦黃的鯉魚豆腐，身上裝飾了紅辣椒絲，臥在淺口杯子裡，鉢旁大竹筒中插着大把朱紅筷子⋯⋯

這是多麼熱烈的顏色！

到了賣雜貨的舖子裡，有大把的粉條，大缸的白糖，有炮仗，有紅蠟燭，莫不給翠翠一種很深的印象，回到祖父身邊，總把這些東西說個半天。

粉條、白糖、炮仗、蠟燭，這都是極其常見的東西，然而它們配搭在一起，是一幅對比鮮明的畫。

天已經快夜，別的雀子似乎都休息了，只杜鵑叫個不息。石頭泥土為白日曬了一整天，草木為白日曬了一整天，到這時節各放散一種熱氣。空氣中有泥土氣味，有草木氣味，還有各種甲蟲氣味。翠翠看着天上的紅雲，聽着渡口飄鄉生意人的雜亂聲音，心中有些兒薄薄的淒涼。

甲蟲氣味大概還沒有哪個詩人在作品裡描寫過！

曾經有人說沈從文是個文體家。

沈先生曾有意識地試驗過各種文體。《月下小景》敘事重複鋪張，有意模仿六朝翻譯的佛經，語言也多四字為句，近似偈語。《神巫之愛》的對話讓人想起《聖經》的《雅歌》和薩孚的情詩。他還曾用駢文寫過一個故事。其他小說中也常有駢偶的句子，如"凡有桃花處必有人家，凡有人家處必可沽酒"，"地方像茶館卻不賣茶，不是煙館卻可以抽煙"。但是通常所用的是他的"沈從文體"。這種"沈從文體"用它自己的話，就是"充滿泥土氣息"和"文白雜糅"[2]。他的語言有一些是湘西話，還有他個人的口頭語，如"即刻"、"照例"之類。他的語言裡有相當多的文言成份——文言的詞匯和文言的句法。問題是他把家鄉話與普通話，文言和口語配置在一起，十分調和，毫不"格生"，這樣就形成了沈從文自己的特殊文體。他的語言是從多方面吸取的。間或有一些當時的作家都難免的歐化的句子，如"……的我"，但極少。大部分語言是具有民族特點的。就中寫人敘事簡潔處，受《史記》《世說新語》的影響不少。他的語言是樸實，樸實而有情致；流暢的，流暢而清晰。這種樸實，來自於雕琢；這種流暢，來自於推敲。他很注意語言的節奏感，注意色彩，也注意聲音。他從來不用生造的，誰也不懂的形容詞之類，用的是人人能懂的普通詞匯。但是常能對於普通詞匯賦予新的意義。比如《邊城》裡兩次寫翠翠拉船，所用字眼不同。一次是：

> 有時過渡的是從川東過茶峒的小牛，是羊群，是新娘子的花轎，翠翠必爭着作渡船夫，站在船頭，懶懶的攀引纜索，讓船緩緩的過去。

又一次是：

翠翠斜睨了客人一眼，見客人正盯着她，便把臉背過去，抿着嘴兒，不聲不響，很自負的拉着那條橫纜。

"懶懶的"，"很自負的"都是很平常的字眼，但是沒有人這樣用過，用在這裡，就成了未經人道語了。尤其是"很自負的"。你要知道，這"客人"不是別個，是儺送二老呀，於是"很自負的"，就有了很多很深的意思。這個詞用在這裡真是最準確不過了！

沈先生對我們說過語言的唯一標準是準確（契訶夫也說過類似的意思）。所謂"準確"，就是要去找，去選擇。去比較也許你相信這是"妙手偶得之"，但是我更相信這是"眾裡尋他千百度，驀然回首，那人正在燈火闌珊處"。

《邊城》不到七萬字，可是整整寫了半年。這不是得來全不費功夫。沈先生常說：人做事要耐煩。沈從文很會寫對話。他的對話都沒有什麼深文大義，也不追求所謂"性格化的語言"，只是極普通的說話。然而寫得如聞其聲，如見其人。比如端午之前，翠翠和祖父商量誰去看龍船：

"見祖父不再說話，翠翠就說：'我走了，誰陪你？'

祖父說：'你走了，船陪我。'

翠翠把一對眉毛皺攏去苦笑着，'船陪你，嗨，嗨，船陪你。爺爺，你真是，只有這隻寶貝船！'"

比如黃昏來時，翠翠心中無端地有些薄薄的淒涼，一個人胡思亂想，想到自己下桃源縣過洞庭湖，爺爺要拿把刀放在包袱裡，搭下水船去殺了她！她被自己的胡想嚇怕起來了。心直跳，就銳聲喊她的祖父：

"爺爺，爺爺，你把船拉回來呀！"

請求了祖父兩次，祖父還不回來，她又叫：

“爺爺，為什麼不上來？我要你！”

有人説沈從文的小説不講結構。

沈先生的某些早期小説誠然有失之散漫冗長的。《惠明》就相當散，最散的大概要算《泥塗》。但是後來的大部分小説是很講結構的。他説他有些小説是為了教學需要而寫的，為了給學生示範，“用不同方法處理不同問題”。這“不同方法”包括或極少用對話，或全篇都用對話（如《若墨醫生》）等等，也指不同的結構方法。他常把他的小説改來改去，改的也往往是結構。他曾經幹過一件事，把寫好的小説剪成一條一條的，重新拼合，看看什麼樣的結構最好。他不大用“結構”這個詞，常用的是“組織”、“安排”，怎樣把材料組織好，位置安排得更妥貼。他對結構的要求是：“勻稱”。這是比表面的整齊更為內在的東西。一個作家在寫一局部時要顧及整體，隨時意識到這種勻稱感。正如一棵樹，一個枝子，一片葉子，這樣長，那樣長，都是必需的，有道理的。否則就如一束絹花，雖有顏色，終少生氣。《邊城》的結構是很講究的，是完美地實現了沈先生所要求的勻稱的，不長不短，恰到好處，不能增減一分。

有人説《邊城》像一個長卷。其實像一套二十一開的冊頁，每一節都自成首尾，而又一氣貫注。——更像長卷的是《長河》。

沈先生很注意開頭，尤其注意結尾。

他的小説的開頭是各式各樣的。

《邊城》的開頭取了講故事的方式：

　　由四川過湖南去，靠東有一條官路，這官路將近湘西邊境，到了一個地方名叫“茶峒”的小小城時，有一小溪，溪邊有座白色小塔，塔下住了一戶單獨的人家。這人家只一個老人，一個女孩子，一隻黃狗。

這樣的開頭很樸素，很平易親切，而且一下子就帶起全文牧歌一樣的意境。

湯顯祖評董解元《西廂記》，論及戲曲的收尾，說"尾"有兩種，一種是"度尾"，一種是"煞尾"。"度尾"如畫舫笙歌，從遠地來，過近地，又向遠地去；"煞尾"如駿馬收韁，忽然停住，寸步不移。他說得很好。收尾不外這兩種。《邊城》各章的收尾，兩種兼見。

翠翠正坐在門外大石山用棕葉編蚱蜢、蜈蚣玩，見黃狗先在太陽下睡着，忽然醒來便發瘋似的亂跑，過了河又回來，就問它罵它：

"狗，狗，你做什麼！不許這樣子！"

可是一會兒那遠處聲音被她發現了，於是也繞屋跑着，並且同黃狗一塊兒渡過了小溪，站在小山頭聽了許久，讓那點迷人的鼓聲，把自己帶到一個過去的節日裡去。

這是"度尾"。

……翠翠感覺着，望着，聽着，同時也思索着：

"爺爺今年七十歲……三年六個月的歌—誰送那隻白鴨子呢？……得碾子的好運氣，碾子得誰更是好運氣……。"

痴着，忽地站起，米簸箕豌豆便傾倒到水中去了。伸手把那簸箕從水中撈起時，隔溪有人喊過渡。

這是"煞尾"。

全文的最後，更是一個精彩的結尾：

　　到了冬天，那個圯坍了的白塔，又重新修好了。
那個在月下歌唱，使翠翠在睡夢裡為歌聲把靈魂輕輕
浮起的年青人，還不曾回到茶峒來。

　　這個人也許永遠不回來了，也許"明天"回來。

七萬字一齊收在這一句話上。故事完了，讀者還要想半天。你會隨小説裡的人物對遠人作無邊的思念，隨她一同盼望着，熱情而迫切。

我有一次在沈先生家談起他的小説的結尾都很好，他笑眯眯地説："我很會結尾。"

三十年來，作為作家的沈從文很少被人提起（這些年他以一個文物專家的資格在文化界佔一席位），不過也還有少數人在讀他的小説。有一個很有才華的小説家對沈先生的小説存着偏愛。他今年春節，溫讀了沈先生的小説，一邊思索着一個問題：什麼是藝術生命？他的意思是説：為什麼沈先生的作品現在還有蓬勃的生命？我對這個問題也想了幾天，最後還是從沈先生的小説裡找到了答案，那就是《長河》裡的夭夭所説的："好看的應該長遠存在。"

現在，似乎沈先生的小説又受到了重視。出版社要出版沈先生的選集，不止一個大學的文學系開始研究沈從文了。這是好事。這是"百花齊放"的一種體現。這對推動創作的繁榮是有好處的。我想。

注釋

〔1〕見《老伴》。
〔2〕見 1957 年出版《沈從文小説選集》題記。

附錄二

又讀《邊城》

汪曾祺

請許我先抄一點沈先生寫給三姐張兆和（我的師母）的信。

三三，我因為天氣太好了一點，故站在船後艙看了許久水，我心中忽然好像澈悟了一些，同時又好像從這條河中得到了許多智慧。三三，的的確確，得到了許多智慧，不是知識。我輕輕地嘆息了好些次。山頭夕陽極感動我，水底各色圓石也極感動我，我心中似乎毫無什麼渣滓，透明燭照，對河水，對夕陽，對拉船人同船，皆那麼愛着，十分溫暖地愛着！……我看到小小漁船，載了它的黑色鸕鶿向下流緩緩划去，看到石灘上拉船人的姿勢，我皆異常感動且異常愛他們。……三三，我不知為什麼，我感動得很！我希望活得長一點，同時把生活完全發展到我自己的這分工作上來。我會用自己的力量，為所謂人生，解釋得比任何人皆莊嚴些與透入些！三三，我看久了水，從水裡的石頭得到一點平時好像不能得到的東西，對於人生，對於愛憎，彷彿全然與人不同了。我覺得惆悵得很，我總像看得太深太遠，對於我自己，便成為受難者了，這時節我軟弱得很，因為我愛了世界，愛了人類。三三，倘若我們這時正是兩人同在一處，你瞧我眼睛濕到什麼樣子！

這是一封家書，是寫給三三的"專利讀物"，不是宣言，用不着裝樣子，做假，每一句話都是真誠的，可信的。

從這封信，可以理解沈先生為什麼要寫《邊城》，為什麼會寫得這樣美。因為他愛世界，愛人類。

從這裡也可得到對沈從文的全部作品的理解。也許你會覺得這樣的解釋有點不着邊際。不吧。

《邊城》激怒了一些理論批評家，文學史家，因為沈從文沒有按照他們的要求，他們規定的模式寫作。

第一條罪名是《邊城》沒有寫階級鬥爭，"掏空了人物的階級屬性"。

是不是所有的作品都要寫階級鬥爭？

他們認為被掏空階級屬性的人物第一個大概是順順。他們主觀先驗地提高了順順的成份，説他是"水上把頭"，是"龍頭大哥"，是"團總"，恨不能把他劃成惡霸地主才好。事實上順順只是一個水碼頭的管事。他有一點財產，財產只有"大小四隻船"。他算個什麼階級？他的階級屬性表現在他有向上爬的思想，比如他想和王團總攀親，不願意兒子娶一個弄船的孫女，有點嫌貧愛富。但是他畢竟只是個水碼頭的管事，為人正直公平，德高望重，時常為人排難解紛，這樣人很難把他寫得窮兇極惡。

至於順順的兩個兒子，天保和儺送，"向下行船時，多隨了自己的船隻充夥計，甘苦與人相共，蕩槳時選最重的一把，背縴時拉頭縴二縴"，更難説他們是階級敵人。

針對這樣的批評，沈從文作了挑戰性的答覆："你們多知道要作品有‘思想’，有‘血’有‘淚’，且要求一個作品具體表現這些東西到故事發展上，人物言語上，甚至一本書的封面上，目錄上。你們要的事多容易辦！可是我不能給你們這個。我存心放棄你們……"

第二條罪名，與第一條相關聯，是說《邊城》寫的是一個世外桃源，脫離現實生活。

《邊城》是現實主義的還是浪漫主義的？《邊城》有沒有把現實生活理想化了？這是個非常叫人困惑的問題。

為什麼這個小說叫做《邊城》？這是個值得想一想的問題。

"邊城"不只是一個地理概念，意思不是說這是個邊地的小城。這同時是一個時間概念，文化概念。

"邊城"是大城市的對立面。這是"中國另外一個地方另外一種事情"（《邊城題記》）。沈先生從鄉下跑到大城市，對上流社會的腐朽生活，對城裡人的"庸俗小氣自私市儈"深惡痛絕，這引發了他的鄉愁，使他對故鄉尚未完全被現代物質文明所摧毀的淳樸民風十分懷念。

便是在湘西，這種古樸的民風也正在消失。沈先生在《長河‧題記》中記："一九三四年的冬天，我因事從北平回湘西，由沅水坐船上行、轉到家鄉鳳凰縣。去鄉已十八年，一入長河流域，什麼都不同了。表面上看來，事事物物自然都有了極大進步，試仔細注意注意，便見出在變化中的墮落趨勢。最明顯的事，即農村社會所保有的那點正直樸素人情美，幾乎快要消失無餘，代替而來的卻是近二十年實際社會培養成功的一種唯實唯利的人生觀。"《邊城》所寫的那種生活確實存在過，但到《邊城》寫作時（一九三三－三四）已經幾乎不復存在。《邊城》是一個懷舊的作品，一種帶着痛惜情緒的懷舊。《邊城》是一個溫暖的作品，但是後面隱伏着作者的很深的悲劇感。

可以說《邊城》既是現實主義的，又是浪漫主義的，《邊城》的生活是真實的，同時又是理想化了的，這是一種理想化了的現實。

為什麼要浪漫主義，為什麼要理想化？因為想留駐一點美好的，永恒的東西，讓它長在，並且常新，以利於後人。

《從文小說習作選·代序》說：

> 這世界上或有想在沙基或水面上建造崇樓傑閣的人，那可不是我。我只想造希臘小廟。選山地作基礎，用堅硬石頭堆砌它。精緻，結實，勻稱，形體雖小而不纖巧，是我的理想的建築。這廟裡供奉的是"人性"。

> 我要表現的本是一種"人生的形式"，一種"優美，健康，自然，而又不悖乎人性的人生形式"。

喔！"人性"，這個倒霉的名詞！

沈先生對文學的社會功能有他自己的看法，認為好的作品除了使人獲得"真美感覺之外，還有一種引人'向善'的力量，……從作品中接觸另外一種人生，從這種人生景象中有所啟發，對人生或生命能作更深一層的理解。"（《小說的作者與讀者》）沈先生的看法"太深太遠"。照我看，這是文學功能的最正確的看法。這當然為一些急功近利的理論家所不能接受。

《邊城》裡最難寫，也是寫得最成功的人物，是翠翠。

翠翠的形象有三個來源。

一個是瀘西縣絨線舖的女孩子。

> 我寫《邊城》故事時，弄渡船的外孫女，明慧溫

柔的品性，就從那絨線鋪小女孩印象得來。（《湘行散記·老伴》）

一個是在青島嶗山看到的女孩子。

　　故事上的人物，一面從一年前在青島嶗山北九水看到的一個鄉村女子，取得生活的必然⋯⋯（《水雲》）

這個女孩是死了親人，帶着孝的。她當時在做什麼？據劉一友説，是在"起水"。金介甫説是"告廟"。"起水"是湘西風俗，嶗山未必有。"告廟"可能性較大。沈先生在寫給三姐的信中提到"報廟"，當即"告廟"。金文是經過翻譯的，"報"、"告"大概是一回事。我聽沈先生説，是和三姐在汽車裡看到的。當時沈先生對三姐説："這個，我可以幫你寫一個小説"。

另一個來源就是師母。

　　一面就用身邊新婦作範本，取得性格上的樸素式樣。（《水雲》）

但這不是三個印象的簡單的拼合，形成的過程要複雜得多。沈先生見過很多這樣明慧溫柔的鄉村女孩子，也寫過很多，他的記憶裡儲存了很多印象，原來是散放着的，嶗山那個女孩子只是一個觸機，使這些散放印象聚合起來，成了一個完完整整的形象，栩栩如生，什麼都不缺。含蘊既久，一朝得之。這是沈先生的長時期的"思鄉情結"茹養出來的一顆明珠。

翠翠難寫，因為翠翠太小了（還過不了十六吧）。她是那樣天真，那樣單純。小説是寫翠翠的愛情的。這種愛情是那樣純淨，那樣超過一切世俗利害關係，那樣的非物質。翠翠的愛情有個成長過程。總體上，是可感的，堅定的，但是開頭是朦朦朧朧的，飄飄忽忽的。

翠翠的愛是一串夢。

翠翠初遇儺送二老，就對二老有個難忘的印象。二老邀翠翠到他家去等爺爺，翠翠以為他是要她上有女人唱歌的樓上去，以為欺侮了她，就輕輕地說："你個悖時砍腦殼的"！後來知道那是二老，想起先前罵人的那句話，心裡又吃驚又害羞。到家見着祖父，"另一件事，屬於自己不關祖父的，卻使翠翠沉默了一個夜晚。"

兩年後的端午節，祖父和翠翠到城裡看龍船，從祖父與長年的談話裡，聽明白二老是在下游六百里外青浪灘過的端午。翠翠和祖父在回家的路上走着，忽然停住了發問："爺爺，你的船是不是正在下青浪灘呢？"這說明翠翠的心此時正在飛向灘邊。

二老過渡，到翠翠家中做客。二老想走了，翠翠拉船。"翠翠斜睨了客人一眼，見客人正盯着她，便把臉背過去，抿着嘴兒，很自負的拉着那條橫纜……""自負"二字極好。

翠翠聽到兩個女人說閒話，說及王團總要和順順打親家，陪嫁是一座碾坊，又說二老不要碾坊，還說二老歡喜一個撐渡船的……翠翠心想碾坊陪嫁，稀奇事情咧。這些閒話使翠翠不得不接觸到實際問題。

但是翠翠還是在夢裡。儺送二老按照老船工所指出的"馬路"，夜裡去為翠翠唱歌。"翠翠夢中靈魂為一種美妙歌聲浮起來，彷彿輕輕地各處飄着；上了白塔，下了菜園，到了船上，又復飛竄過懸崖半腰，——去作什麼呢？摘虎耳草！"這是極美的電影慢鏡頭，伴以歌聲。

事情經過許多曲折。

天保大老走"車路"不通，託人說媒要翠翠不成，駕油船下辰

州，掉到茨灘淹壞了。

大雷大雨的夜晚，老船夫死了。

祖父的朋友楊馬兵來和翠翠作伴，"因為兩個必談祖父以及這一家有關係的事情，後來便說到了老船夫死前的一切，翠翠因此明白了祖父活時所不提到的許多事，二老的唱歌，順順大兒子的死，順順父子對祖父的冷漠，中寨人用碾坊作陪嫁妝奩誘惑儺送二老，二老既記憶着哥哥的死亡，且因得不到翠翠理會，又被家中逼着接受那座碾坊，意思還在渡船，因此賭氣下行，祖父的死因，又如何與翠翠有關……凡是翠翠不明白的事，如今可都明白了。翠翠把事情弄明後，哭了一個夜晚。"哭了一夜，翠翠長成大人了。迎面而來的，將是什麼？

"我平常最會想像好景致，且會描寫好景致"（《湘行集·泊纜子灣》）。沈從文對寫景可算是一個聖手。《邊城》寫景處皆十分精彩，使人如同目遇。小說裡為什麼要寫景？景是人物所在的環境，是人物的外化，人物的一部分。景即人。且不說沈從文如何善於寫景，只舉一例，說明他如何善於寫聲音、氣味："天快夜了，別的雀子似乎都在休息了，只杜鵑叫個不息。石頭泥土為白日曬了一整天，到這時節皆放散一種熱氣。空氣中有泥土氣味，有草木氣味，且有甲蟲氣味。翠翠看着天上的紅雲，聽着渡口飄來鄉生意人的雜亂的聲音，心中有些薄薄的淒涼。" 有哪一個詩人曾經寫過甲蟲的氣味？

《邊城》的結構異常完美。二十一節，一氣呵成；而各節又自成起迄，是一首一首圓滿的散文詩。這不是長卷，是二十一開連續性的冊頁。

　　《邊城》的語言是沈從文盛年的語言，最好的語言。既不似初期那樣的放筆橫掃，不加節制；也不似後期那樣過事雕琢，流於晦澀。這時期的語言，每一句都"鼓立"飽滿，充滿水份，酸甜合度，像一籃新摘的煙台瑪瑙櫻桃。

　　《邊城》，沈從文的小説，究竟應該在文學史上佔一個什麼地位？金介甫在《沈從文傳》的引言中説："可以設想，非西方國家的評論家包括中國的在內，總有一天會對沈從文作出公正的評價：把沈從文、福樓拜、斯特恩、普羅斯特看成成就相等的作家。"總有一天，這一天什麼時候來？

一九九二年十月二日

牛

　　有這樣事情發生，就是桑溪蕩裡住，綽號大牛伯的那個人，前一天居然在蕎麥[1]田裡，同他的耕牛為一點小事生氣，用木榔槌[2]打了那耕牛後腳一下。這耕牛在平時是彷彿他那兒子一樣，縱是罵，也如罵親生兒女，在罵中還不少愛撫的。但是脾氣一來不能節制自己，隨意敲了一下，不平常的事因此就發生了。當時這主人還不覺得，第二天，再想放牛去耕那塊工作未完事的蕎麥田，牛不能像平時很大方的那麼走出欄外了。牛後腳有了毛病，就因為昨天大牛伯主人那麼不知輕重在氣頭下一榔槌的結果。

　　大牛伯見牛不濟事，有點手腳不靈便了，牽了牛繫在大坪裡木椿上，蹲到牛身下去，扳了那牛腳看。他這樣很溫和的檢察那小牛，那牛彷彿也明白了大牛伯心中已認了錯，記起過去兩人的感情了，就回頭望到主人，眼中凝了淚，非常可憐的似乎想同大牛伯說一句有主奴體裁的話，這話意思是，“大爹，我不冤你，平素你待我很好，你打了我把我腳打壞，是昨天的事，如今我們講和了。我只一點兒不方便，過兩天就會好的。”

　　可是到這意思為大牛伯看出時，他很狡猾的用着習慣的表情，閉了一下左眼。他不再摩撫那隻牛腳了。他站起來在牛的後臀上打了一拳，拍拍手說，

　　“壞東西，我明白你。你會撒嬌，好聰明！從什麼地方學來的，打一下就裝走不動路？你必定是聽過什麼故事，以為

這樣當家人就可憐你了，好聰明！我看你眼睛，就知道你越長心越壞了。平時幹活就不肯好好的幹，吃東西也不肯隨便，這脾氣是我都沒有的脾氣！"

主人說過很多聰明的話語後，就走到牛頭前去，當面對牛，用手指戳那牛額頭。

"你不好好的聽我管教，我還要打你這裡一下，在右邊。這裡，左邊也得打一下。我們村小孩不上學，老師有這規矩打了手心，還要向孔夫子拜，向老師拜，不許哭。你要哭嗎？壞東西呀！你不知道這幾天天氣正好嗎？你不明白五天前天上落的雨是為天上可憐我們，知道我們應當種蕎麥了，為我們潤濕土地好省你的氣力嗎？……"

大牛伯一面教訓他的牛，一面看天氣。天氣實在太好了，就仍然扛了翻犁，牽了那被教訓過一頓據說是撒嬌偷懶的牛，到田中去做事。牛雖然有意同他主人講和，當家也似乎看清楚了這一點，但實在是因為天氣太好，不做事可不行，所以到後那牛就仍然瘸着在平田中拖犁，翻着那為雨潤濕的土地了。大牛伯雖然是像管教小學生那麼管束到他那小牛，仍然在它背上加了犁的軛，但是人在後面，看到牛一瘸一拐的一句話不說的向前奔時，心中到底不能節制自己的悲憫，覺得自己做事有點任性，不該那麼一下了。他也像做父親的所有心情，做錯了事表面不服輸，但心中究竟過意不去，於是比平時更多用了一些力，與牛合作，讓大的汗水從太陽角流到臉上，也比平時少罵那牛許多——在平時，這牛是常常因為覷望了別處風景或過路人，轉身稍遲，大牛伯就創作出無數稀奇古怪的字眼來辱罵過它的。天下事照例是這樣，要求人了解，再沒有比"沉默"這一件事為合式了。有些人總以為天生了人的口，就是為說話用，有心事，說話給人聽，人就了解了。其實如果口是為說話才用得着，那麼大牛小鳥全有口，大的口已經有那麼大，說"大話"也夠了，為什麼又不去做官，又不去演講呢？並且說"小話"，小鳥也永遠趕不上人。這些事在牛伯的見解下是不會錯的。

在沉默中他們才能互相了解，這是一定的，如今的大牛伯同他的小牛，友誼就成立在這無言中。這時那牛一句話不說，也不呻喚，也不嚷痛，也不說"請大爹賞一點藥或補幾個藥錢"（如果是人，他必定有這樣正當的於自己有利益的要求的）。這牛並且還不說"我要報仇，非報仇不可"那樣恐嚇主人的話語，就是態度也缺少這種切齒的不平。它只是仍然照老規矩做事，十分忠實的用力拖犂，使土塊翻起。它嗅着新土的清香氣息。它的努力在另一些方法上使主人感到了。它喘着氣，因為腳跟痛苦走時沒有平時靈便。但它一個字不說，它"喘氣"卻完全不"嘆氣"。到後大牛伯的心完全軟了。他懂得它一切，了解它，不必靠那只供聰明人裝飾自己的言語。

不過大牛伯心一軟，話也說不出了。他如說，"朋友，是我錯，"也許那牛還疑心這是謊話，這謊話一則是想用言語把過錯除去，一則是謊它再發狠做事。人與人是常常有這樣事情的，並不止牛可以這樣多疑。他若說，"已經打過了，也無辦法，我是主人，雖然是我的任性，也多半是你的服務不十分盡力，我們如今兩抵，以後好好生活吧。"這樣說，牛若聽得懂他的話，牛也是不甘心的。因為它是常常自信已盡過了所能盡的力，一點不敢怠惰，至於報酬，又並不爭論，主人假若是有人心，自己就不至於挨一榔槌的。並且用傢伙毆打，用言語撫慰，這樣事別的不能證明，只恰恰證明了人類做老爺主子的不老實罷了。他們會說話，用言語裝飾自己的道德仁慈，又用言語作惠，雖惠不費。如今的牛是正因為主人一句話不說，不引咎自責，不辯解，也不假託這事是吃醉了酒以後發生的不幸，明白了主人心情的。有些人是常常用"醉酒"這樣字言作過一切豈有此理壞事的。他只是一句話不說，仍然同牛在田中來回的走，仍然噓噓的督促到它轉彎，仍然用鞭打牛背。但他昨天所作的事使他羞慚，特別的用力推犁，又特別表示在他那照例的鞭子上。他不說這罪過是誰想明白這責任，他只是處處看出了它的痛苦，而同時又看到天氣。"我本來願意讓你休息，全是因為下半年的生活才不能不做事，"這種情形他不說話也被他的牛看出了的。但他們真的已講和了。

犁了一塊田，他同那牛停頓在一個地方，釋了牛背上的軛，他才說話。

他說，"我這人老了，人老了就要做蠢事。我想你玩半天，養息一會，就會好的，你說是不是？"小牛無意見可說，望着天空，頭上正有一隻喜鵲飛過去。

他就讓牛在有水草的溝邊去玩，吃草飲水，自己坐到犁上想事情。他的的確確是打量他的牛明天就會全好了的。他還沒有把蕎麥下田，就計算到新蕎麥上市的價錢。他又計算到別的一些事情，這些事情說起來全都近於很平常的。他打火鐮吸煙，邊吸煙邊看天。天藍得怕人，高深無底，白雲散佈四方，白日炙人背上如春天。這時是九月，去真的春天還遠。

那隻牛，在水邊站了一會，水很清冷，草是枯草，它腳有苦痛，這忠厚動物工作疲倦了，它到後躺在斜坡下坪中睡了。它被太陽曬着，非常舒服的做了夢。夢到大爹穿新衣，它自己則角上纏紅布，兩個大步的從迎春的寨裡走出，預備回家。這是一隻牛所能做的最光榮的好夢，因為這夢，不消說它就把一切過去的事全忘了，把腳上的痛處也忘了。

正午，山上寨子有雞叫了，大牛伯牽他的牛回家。

回家時，它看到他主人似乎很憂愁，明白是它走路的跛足所致。它曾小心的守着老規矩好好走路，它希望它的腳快好，就是讓兇惡不講道理的獸醫揉搓一陣也很願意。

他呢，的確是有點憂愁了，就因為那牛休息時，側身睡到草坪裡，他看到它那一隻被木榔槌所敲打過的腿時時抽縮着，似乎不是一天兩日自然會好的事，又看到同那牛合作所犁過的田，新翻起的土壤如開花，於是為一種不敢去猜想的未來事嚇呆了，"萬一……？"那麼，蕎麥價不與自己相干了，一切皆將不與自己相干了。

他在回家到路上，看到小牛的步伐，想到的事完全是麥價以外的事。究竟這事是些什麼，他是不能肯定的。總而言之，萬一就這樣了，那麼，他同他的事業就全完了。這就像賭輸了錢一樣，同天打賭，好的命運屬於天，人無分，輸了，一切也應當完了。假若這樣説吧，就是這牛因為這腳無意中被一榔槌。從此跛了，醫不好了，除了做菜或作牛肉乾，切成三斤五斤一塊，用棕繩掛到灶頭去燻，要用時再從灶頭取下切細加辣子炒吃，沒有別的意義，那末，大牛伯也得……因為牛一死，他什麼都完了。

把牛繫到院中大椿旁，到籮筐裡去取紅薯拌飯煮時的大牛伯，心上的陰影還是先前一樣。

到後，抓了些米頭子灑在院中餵雞，望到那牛又睡下去把那後腳縮短，大牛伯心上陰影更厚了。

吃過了中飯，他就到兩里外場集上去找甲長，甲長是本地方小官，也是本地方牛醫。甲長如許多有名醫生一樣，顯出非常忙迫而實在又無什麼事的樣子。他們是老早很熟了的。

他先説話，他説，"甲長，我牛腳出了毛病。"

甲長説，"這是腳癀，拿點藥去一擦就好。"

他説，"不是的。"

"你怎麼知道不是，近來患腳癀的極多，今天有兩個桑溪人的牛都有腳癀。"

"不是癀，是搞傷了的。"

"我有傷藥。"這甲長意思是大凡是腳只有一種傷，就是碰了石，他的傷藥也就是為這一種傷所配合的。

大牛伯到後才説這是他用木榔槌打了一下的結果。

他這樣接着説：

"……我恐怕那麼一下太重了，今天早上這東西就對我哭，好像要我讓它放工一天。你說怎樣辦得到？天雨是為方便我們落的。天上出日頭，也是方便我們，不在這幾天耕完，我們還有什麼時候？我仍然扯了它去。一個上半天我用的力氣還比它多，可是它不行了，睡到草坪內，樣子就很苦。它像怕我要丟了它，看到我不作聲，神氣憂愁，我明白這大眼睛所想說的話，和它的心事。"

甲長答應同他到村裡去看看那牛，到將要出門，別處有人送文書來了，說縣裡有軍隊過境，要辦招待籌款，召集甲長會議，即刻就到會。

這甲長一面用一個鄉紳的派頭罵娘，一面換青秦西緞馬褂，喊人備馬，喊人為衙門人辦點心，忙得不亦樂乎，大牛伯嘆了一口氣，一人回了家。

回到家來他望到那牛，那牛也望到他，兩個真正講了和，兩個似乎都知道這腳不是一兩天可好的事了，在自己認錯中，大牛伯又小心的扳了一回牛腳，看那傷處，用了一些在五月初五挖來的平時給人揉跌打損傷的草藥，敷在牛腳上去，用布片包好，牛像很懂事，規規矩矩盡主人處理，又規規矩矩回牛欄裡去睡。

晚上聽到牛齕草聲音，大牛伯拿了燈到照過好幾次，這牛明白主人是因為它的原故晚睡的，每遇到大牛伯把一個圓大的頭同一盞桐油燈從柵欄邊伸進時，總睜大了眼睛望它主人。

他從不問它 "好了麼？" 或 "吃虧麼？" 那一類話，它也不告他 "這不要緊，" 或 "我請你放心" 那類話，他們的互相了解不在言語，而他們卻是真真很了解的。

　　這夜裡牛也有很多心事，它是明白他們的關係的。他用它幫助，所以同它生活，但一到了他看出不能用到它的時候，它就將讓另外一種人牽去了。它還不很清楚牽去了以後將做什麼用途，不過間或聽到主人的憤怒中說"發瘟的，""作犧牲的，""到屠戶手上去，"這一類很奇怪的名字時，總隱隱約約看得出只要一與主人離開，情形就有點不妥，所得的痛苦就不止是詛罵同鞭打了。為了這不可知的未來，它如許多蠢人一樣，對這問題也很想了一些時間，譬若逃走離開那屠戶，或用角觸那兇人同他拼命，又或者……它只不會許願，因為許願是人才懂這個事，並且凡是許願求天保佑，多說在災難過去幸福臨門時，殺一隻牛或殺豬殺羊，至少必須一隻雞，假如人沒有東西可許（如這一隻牛，卻什麼也沒有是它自己的，只除了不值價的從身上取出的精力），那麼天也不會保佑這類人的。

　　這牛迷迷糊糊時就又做夢，夢到它能拖了三具犁飛跑，犁所到處土皆翻起如波浪，主人則站在耕過的田裡，膝以下皆為鬆土所掩，張口大笑。當到這可憐的牛做着這樣的好夢時，那大牛伯是也在做着同樣的夢的。他只夢到用四床大曬穀簟[3]鋪在坪裡，曬簟上新蕎堆高如小山。抓了一把褐色蕎子向太陽下照，蕎子在手上皆放烏金光澤。那蕎就是今年的收成，放在坪裡過斛上倉，竹籌碼還是從甲長處借來的，一大捆丟到地下，嘩的響了一聲。而那參預這收成的功臣，——那隻小牛，就披了紅站在身邊，他於是向它說話，神氣如對多年老友。他説，"夥計，今年我們好了。我們可以把圍牆打一新的了；我們可以換一換那兩扇腰門[4]了；我們可以把坪壩栽一點葡萄了；我們……"他全是用"我們"的字言，彷彿這一家的興起，那牛也有分，或者是光榮，或者是實際。他於是儼然望到那牛仍然如平時樣子，水汪汪的眼睛中寫得有四個大字："完全同意"。

好夢是生活的仇敵，是神給人的一種嘲弄，所以到大牛伯醒來，他比起沒有做夢的平時更多不平。他第一先明白了蕎麥還不上倉，其次就記起那用眼睛説"完全同意"的牛是還在欄中受苦了，天還不曾亮，就又點了燈到欄中去探望那"夥計"。他如做夢一樣，喊那牛做夥計，問它上了藥是不是好了一點。牛不做聲，因為它不能説它正做了什麼夢。它很悲戚的看到主人，且記起了平常日子的規矩，想站起身來，跟到主人出欄。

他站起走了兩步，他看它還是那樣瘸跛，哺的把燈吹熄，嘆了一口氣，走向房裡躺在床上了。

他們都在各自流淚。他們都看出夢中的情形是無希望的神跡了，對於生存，有一種悲痛在心。

到了平時下田的早上，大牛伯卻在官路上走，因為打聽得十里遠近的得虎營有師傅會治牛病，特意換了一件衣，用紅紙封了兩百錢，預備走到那營寨去請牛醫為家中夥計看病。到了那裡被狗嚇了一陣，師傅又不湊巧，出去了，問明白了不久會回來，他想這沒有辦法，就坐到那寨子外面大青樹下等。在那大青樹下就望到別人翻過的田，八十畝，一百畝，全在眼前炫耀，等了半天，師傅才回家，會了面，問到情形，這師傅他一口咬定是牛癀。

大牛伯說："不是，我是明白我那一下分量稍重了點，或打斷了筋。"

"那是傷轉癀，拿這藥去就行。"

大牛伯心想，癀藥我家還少？要走十里路來討這東西？把嘴一癟，做了一個可笑的表情。

說也奇怪，先是說的十分認真了，決不能因為這點點事走十里路。到後大牛伯忽然想透了，明白是包封太輕了，答應了包好另酬制錢一串，這醫生心一活動，不久就同大牛伯在官路上奔走，取道回桑溪了。

這名醫有大城中名醫的排場，到了家，先喝酒，吃點心飯，飯用過以後，剔完牙齒，又吃一會煙，才要主人把牛牽到坪中來，把衣袖捲到肘上，拿了針，由幫手把牛腳扳舉，才略微用手按了按傷處，看看牛的舌頭同耳朵。因為要說話，他就照例對於主人的冒失加以一種責難。說是這東西打狠了是不行的。又對主人隨便把治人傷藥敷用到牛腳上認為是一種將來不可大意的事情。到後是在牛腳上扎了兩針，把一些藥用口嚼爛敷到針扎處，包了杉木皮，說是過三天包好，囑幫手拿了預許的一串白銅制錢扛到肩上，遊方僧那麼搖搖擺擺走了。

把師傅送走，站到門外邊，一個賣片糖的本鄉人從那門前大路下過身，看到了大牛伯在坎上門前站，就關照說：

"大牛伯，大牛伯，今天場上有好嫩牛肉，知道了沒有？"

"見你的鬼！"他這樣輕輕的答應了那關照他的賣糖人，走進大門匇匇的把門關了。

他願意信仰那師傅，所以想起師傅索取那制錢時一點不勉強的就把錢給了。但望到那人從官路上忽忽走去的那師傅背影尤其是那在幫手肩上的制錢一串，他有點對於這師傅懷疑，且像自己是又做錯了事，不下於打那小牛一榔槌了，就懊悔起來。他以為就是這麼隨便扎兩針也值一串二百錢，一頓點心，這顯然是一種欺騙，自己性急又上當了。那時就正有點生氣，到後又為賣糖人喊他買"牛肉"更不高興了，走進門見到那牛睡在坪裡，就大聲辱罵，"明天殺了你吃，看你腳會好不好！"

那牛正因為被師傅扎了幾針，敷了藥，那隻腳疼痛不過，見寒見熱，聽到主人這樣氣憤憤的罵它，睜了眼見到大牛伯樣子，心裡很難過，又想哭哭。大牛伯見到這情形，才覺得自己仍然做錯了事，不該說氣話了，就坐到院坪中石碌磚上，一句話不說，以背對太陽，盡太陽炙背。天氣正是適宜於耕田的天氣，他想同誰去借牛把其餘的幾畝地土翻鬆一下，好落種，想不出當這樣時節誰家有可借的牛。

過了一會，他不能節制自己，又罵出怪話來了，他向那牛說，

"你撒嬌就是三隻腳，你也要做事！"

它有什麼可說呢？它並不是故意。它從不知道牛有理由

可以在當忙的日子中休息，而這休息還是“借故”。天氣這樣好，它何嘗不歡喜到田裡去玩。它何嘗不想為主人多盡一點力，直到了那糧食滿屋滿倉“完全同意”的日子。就是如今腳不行了，它何嘗又說過“我不做”“我要休息”一類話。主人的生氣它也能原諒，因為這，不比其他人的無理由胡鬧。可是它有什麼可說呢？它能說“我明天就好”一類話嗎？它能說“我們這時就去”一類話嗎？它既沒有說過“我要休息”，當然也不必來說“我可以不休息”了。

它一切盡大爹，這是它始終一貫的性格。這時節主人如果是把犁扛出，它仍然會跟了主人下田，開始做工，無一點不快的神氣，無一點不耐煩。

可是說過好歹要工作的牛伯，到後又來摩它的耳朵，摩它的眼，摩它的臉頰了，主人並不是成心想詛咒它入地獄，他正因為不願意它同他分手，把它交給一個屠戶，才有這樣生氣發怒的時候！它的所以始終不說一句話，也就是它能理解它的主人，它明白主人在它身上所做的夢。它明白它的責任。它還料得到，再過三天腳還不能復元，主人脾氣忽然轉成暴躁非凡，也是自然的事。

當大牛伯走到屋裡去找取鐮刀削犁把上小木栓時，它曾悄悄的獨自在院裡繞了圈走動，試試可不可以如平常樣子。可憐的東西，它原是同世界上有些人一樣，不慣於在好天氣下休息賦閒的。只是這一點，大牛伯卻缺少理解這夥計的心，他並沒有想到它還為這怠工事情難過，因為做主人的照例不能體會到做工的人畜。

大牛伯削了一些木栓，在大坪中生氣似的敲打了一陣犁頭，想了想縱然夥計三天會好也不能盡這三天空閒，因為好的天氣是不比印子錢[5]，可以用息金借來的，並且許願也不容易得到好天氣，所以心上活動了一陣，就走到別處去借牛。他估定了有三處可以說話，有一處最為可靠，有了牛他在夜間也得把那田馬上耕好。

他就到了第一個有牛的熟人家去，向主人開口。

"老八，把你牛借我兩三天，我送你兩斗麥子。"

主人說："伯伯，你幫我想法借借牛吧，我正要找你去，我願意出四斗麥子。"

"那我也出四斗。"

"怎麼？你牛不是好好的麼？"

"有癀，……"

"哪會有癀？"

"請牛醫看過了，花一串制。"

主人知道牛伯的牛很健壯，平素又料理得極好，就反問他為什麼事缺少牛用。沒有把牛借到的牛伯，自然仍得一五一十的把夥計如何被自己一榔槌的故事說說，他在敘述這故事中不缺少自怨自艾的神氣，可是用"追悔"是補不來"過失"的，他到沒有話可說，就轉到第二家去。

見到主人，主人先就開口問他是不是把田已經耕完。他告主人牛生了病，不能做事。主人說，

"老漢子，你謊我。耕完了就借我用用，你那小黃是用木榔槌在背脊骨上打一百下也不會害病的。"

"打一百下？是呀，若是我在它背脊骨上打一百下，它仍然會為我好好做事。"

"打一千下？是呀也挨得下，我算定你是捶不壞牛的。"

"打一千下？是呀，……"

"打兩千下也不至於……"

"打兩千下，是呀，……"

說到這裡兩人都笑了，因為他們在這閒話上隨意能夠提出一種大數目，且在這數目上得到一點彷彿是近於"銀錢""大麥的斛數"那種意味。他到後，就告給了主人，還只打"一下"，牛就不能行動自如了。主人還不相信，他才再來解釋打的地方不是背脊，卻是後腳彎。本意是來借牛，結果還是說一陣空話了事。主人的牛雖不病可是無空閒，也正在各處設法借牛乘天氣好翻地。

待到第三處熟人家，就是牛伯以為最可靠的一家去時，天色已夜了，主人不在家，下了田還沒回來，問那家的女人，才明白主人花了一斛麥子借了隻牛，連同家中一隻牛在田中翻土，到晚還不能即回。

轉到家中，牛伯把夥計的腳檢查檢查，又想解開藥包看看，若不是因為小牛有主張，表示不要看的意思，日來的藥金又恐怕等於白費了。

各處皆無牛可借，自己的牛又實在不能作事，這漢子無法，到夜裡還走到附近莊子裡去請幫工，用人力拖犁，說了很長的時候，才把人工約定。工人答應了明天天一亮就下田，一共僱妥了兩個人，加上自己，三個人的氣力雖仍然不及一隻小牛；但總可以乘天氣把土翻好了。牛伯高高興興的回了家，喝了一小葫蘆水酒，規規矩矩用着一個雖吃酒卻不鬧事的醉人體裁橫睡到床上，根據了田已可以下種一個理由，就糊糊塗塗做了一晚好夢。半夜那夥計睡不着，以為主人必定還是會忽然把一個大頭同燈盞從柵欄外伸進來，誰知到天亮了以後有人喊主人名字了，主人還不曾醒。

三個人，兩個人在前一個人在後耕了半天田，小牛卻站在田塍上吃草眺望好景致。正像小孩子因牙痛不上學的情形，望到其他學生背書，費大力氣，自己才明白做學生真不容易。不過往日輪到它頭上作的事，只要傷處一復元，也仍然是免不了要照常接受。

在幾個人合作耕田時，牛伯在後面推犁，見到夥計站到太陽下的寂寞，是曾說過"夥計，你也來一角吧"那樣話語的，若果這不是笑話，它絕不會推辭這個提議，但主人因為想起昨天放在醫生的手背上那一串放光的制錢，所以不能不盡小牛玩了。

不過單是一事不作，任意的玩，吃草，喝水，睡臥，毫無拘束在日光下享福，這小牛還是心裡很難受的。因為兩個工人在拉犁時，就一面談到殺牛賣肉的事情，他們竟完全不為站在面前的小牛設想。他們說跛腳牛如何只適宜於吃肉的理由，又說牛皮製靴做皮箱的話。這些壞人且口口聲聲說只有小牛肚可以下酒，小牛肉風乾以後容易煨爛，小牛皮做的抱兜佩帶舒服。這些人口中說的話，是無心還是有意，在小牛聽來是分不清楚的。它有點討厭他們，尤其是其中一個年青一點的人，竟說"它的病莫非是假裝"那些壞話，有破壞主人對牛友誼的陰謀，雖然主人不會為這話所動，可是這人壞處是無疑了。

到了晚上，大家回家了，當主人用燈照到它時，這牛就仍然在它那水汪汪的大眼睛上，解釋了自己的意思，它像是在訴說："大爹，我明天好了，把那花錢僱來的兩個工人打發去了吧。我聽不慣他們的譏誚和侮辱。我願意多花點氣力把田地趕出，你放心，我一定不讓好天氣帶來的好運氣分給了一切人，你卻獨獨無分。"

主人是懂這樣意思的，因為他不久就對牛說話了，他說：

"夥計，是的，你會很快的就好了的，醫生說你至多三天就好。下田還是我們兩個作配手好，我們趕快把那點地皮翻好，就下種。因為你的腳不方便，你瞧，我請他們來幫忙，我花了錢還只耕得一點點。他們哪裡有你的氣力？他們做工的人，近來脾氣全為一些人放縱壞了，一點舊道德也不用了，他們人做的事情當不到你牛一半，卻問我要錢用，要酒喝，且有理由到別處去說，'我今天為桑溪大牛伯把我當牛耕了一天田，因為要吃飯，我不得不做事，可是現在腰也發疼了，只差比牛少挨一鞭子。'這話是免不了要說的，我是沒有辦法才要他們來幫忙的。"

它想說，"我願意我明天就會好，因為我不歡喜那向你要錢要酒飯的漢子。他們的心術似乎都不很好。"主人不等他説先就很懂了，主人離開柵欄時就肯定而又大聲説道，"我恨他們，一天花了我許多錢，還説小牛皮做抱兜相宜，真是土匪強盜！"

…………

小牛居然很自然的同主人在一塊未完事的田中翻土了，是四天以後的事，好天氣還像是單因為牛伯一個人幸福的原故而保留到桑溪。他們大約再有兩天就可以完事了，牛伯因為體恤到夥計的病腳，不敢吝惜自己氣力，小牛也因為顧慮到主人的原故，特別用力氣只向前奔，他們一天所耕的田比用工人兩倍還多。

於是乎，回到了家中，兩位又有理由做那快樂幸福的夢了，牛伯為自己的夢也驚訝了，因為他夢到牛欄裡有四隻牛，有兩隻是花牛，生長得似乎比夥計更其體面，第二天一早起來他就走到欄邊去看，且大聲的告給"夥計"，説，

"夥計，你應當有伴才是事，我們到十二月再看吧。"

夥計想十二月還有些日子就點點頭，"好，十二月吧。"

到了十二月，蕩裡所有的牛全被衙門徵發到一個不可知的地方去了，大牛伯只有成天到保長家去探信一件事可做。順眼無意中望到棄在自己屋角的木榔槌，就後悔為什麼不重重的一下把那畜生的腳打斷。

作於一九二九年夏

題解

這是一篇寫人與牛的關係的小說。

大牛伯在蕎麥田裡為一點小事生了他的心愛的小牛的氣，用槤槌不知輕重地打了小牛的後腳一下，把牛腳打壞了，牛腳瘸了，不能下田拉犁。

牛腳不好，大牛伯只好放小牛兩天假，讓它休息休息，玩兩天。

可是田裡的活耽誤不得。五天前剛下過一陣雨，田裡的土都酥軟了，天氣又很好，正是犁田的好時候。

大牛伯到兩里外場集上找甲長，——這甲長既是地方小官，也是本地牛醫。偏偏甲長接到通知，要叫他辦招待籌款，他騎上馬走了。

大牛伯打聽到十里遠近得虎營有個師傅會治牛病，就去專誠去請。這位名醫給小牛用銀針扎了幾針，把一些草藥用口嚼爛，敷到扎針處、把預許的一串白銅製錢扛到肩上，走了。

小牛的腳不見好。

大牛伯就去向有牛的人家借牛用兩三天，人家都不借。

大牛伯只好到附近莊子裡去請幫工，用人力拖犁。兩個幫工，加上大牛伯自己，總算趁好天氣把土翻好了。

到第四天，小牛的腳好了，可以下田了。大牛伯因為顧恤到小牛的病腳，不敢慳吝自己的力氣；小牛也因為顧慮主人的緣故，特別用力氣只向前奔。他們一天耕的田比用人工兩倍還多。

注釋

〔1〕蕎麥：一年生草本農作物，葉戟形，花白色或淡紅色，結實三稜卵圓形，磨粉可擀麵條或壓餄餎，爽滑耐飢。名為麥，實非麥類。

〔2〕槤槌：木製的槌，一般打草鞋槌軟稻草時用。

〔3〕簟（diàn）：曬穀物用的粗竹蓆。

〔4〕腰門：南方有些地方農村在大門外還有兩扇只有半截的門，叫做
　　　"腰門"。

〔5〕印子錢：舊中國的一種高利貸。放債人以高利放出貸款，限借債
　　　人分期償還，每次償款都在預立的摺子上加蓋一印，故名"印子
　　　錢"。

▌賞析▐

　　除幾個穿插性的角色，這篇小説只有兩個"人物"，大牛伯和他的
小牛。這隻小牛是通人性的。它對大牛伯有很深的感情。它盡力地為大
牛伯犁田。他們的思想感情是可以交流的。大牛伯的心思，小牛完全體
會得到。它跟大牛伯説話，用它的水汪汪的大眼睛。他們真是莫逆無
間。

　　牛會做夢。

　　　　這牛迷迷糊糊時就又做夢，夢到它能拖了三具犁飛跑，
　　　犁所到處土皆翻起如波浪，主人則站在耕過的田裡，膝以下
　　　皆為鬆土所掩，張口大笑。

　　大牛伯會同時和小牛做夢。

　　　　當到這可憐的牛做着這樣的好夢時，那大牛伯是也在做
　　　着同樣的夢的。他只夢到用四床大曬穀簟鋪在坪裡，曬簟上
　　　新蕎堆高如小山。抓了一把褐色蕎子向太陽下照，蕎子在手
　　　上皆放烏金光澤。那蕎就是今年的收成，放在坪裡過斛上
　　　倉，什簍碼還是從甲長處借來的，一大捆丟到地下，嘩的響
　　　了一聲。而那參預這收成的功臣，──那隻小牛，就披了紅
　　　站在身邊，他於是向它説話，神氣如對多年老友。他説，
　　　"夥計，今年我們好了。我們可以把圍牆打一新的了；我們

可以換一換那兩扇腰門了；我們可以把坪壩栽一點葡萄了；我們……"他全是用"我們"的字言，彷彿這一家的興起，那牛也有分，或者是光榮，或者是實際。他於是儼然望到那牛仍然如平時樣子，水汪汪的眼睛中寫得有四個大字："完全同意"。

小牛對大牛伯提出的意見，總是表示"好商量"。大牛伯夢到牛欄裡有四隻牛，就大聲告給"夥計"說：

"夥計，你應該有個伴才是事。我們到十二月再看吧。"

夥計想十二月還有些日子就點點頭，"好，十二月吧。"

小說把小牛人化了，因此就有頗濃的童話色彩。這童話色彩其實是豐富的人情。

小說的語言帶喜劇色彩，這是大牛伯的善良幽默的性格所致。比如：

見到主人，主人先就開口問他是不是把田已經耕完。他告主人牛生了病，不能做事。主人說，

"老漢子，你謊我。耕完了就借我用用，你那小黃是用木榔槌在背脊骨上打一百下也不會害病的。"

"打一百下？是呀，若是我在它背脊骨上打一百下，它仍然會為我好好做事。"

"打一千下？是呀也挨得下，我算定你是捶不壞牛的。"

"打一千下？是呀，……"

"打兩千下也不至於……"

"打兩千下，是呀，……"

說到這裡兩人都笑了，……

這樣的時候，還能這樣的說笑，中國農民的承受彈力真了不起！他們不是小小的挫折可能壓垮的。

一切本來是很順利，很圓滿的。小牛的腳好了，蕎麥田耕出來了，看樣子十二月真可能給小牛找個伴，可是故事卻來了個出人意料的結尾：到了十二月，蕩裡所有的牛全被衙門徵發到一個不可知的地方去了，大牛伯只有成天到保長家去探詢一件事可做。順眼中望到自己屋角的大榔槌，就後悔為什麼不重重的一下把那畜生的腳打斷。

這就是中國的農民。他們沒有自己的財產權，衙門中可以任意徵用農民的耕牛，只要一句話！

小說的結尾是悲劇。因為前面充滿童話色彩，喜劇色彩，就使得這悲劇讓人感到格外的沉痛。

丈 夫

　　落了春雨，一共有七天，河水漲大了。

　　河中漲了水，平常時節泊在河灘的煙船妓船，離岸極近，船皆繫在吊腳樓下的支柱上。

　　在四海春茶館樓上喝茶的閒漢子，伏身在臨河一面窗口，可以望到對河的寶塔"煙雨紅桃"好景致，也可以知道船上婦人陪客燒煙的情形。因為那麼近，上下都方便，有喊熟人的聲音，從上面或從下面喊叫，到後是互相見到了，談話了，取了親暱樣子，罵着野話粗話，於是樓上人會了茶錢，從濕而發臭的甬道走去，從那些骯髒地方走到船上了。

　　上了船，花錢半元到五塊，隨心所欲吃煙睡覺，同婦人毫無拘束的放肆取樂，這些在船上生活的大臀肥身年青女人，就用一個婦人的好處，服侍男子過夜。

　　船上人，她們把這件事也像其餘地方一樣稱呼，這叫做"生意"。她們都是做生意而來的。在名分上，那名稱與別的工作同樣，既不與道德相衝突，也並不違反健康。她們從鄉下來，從那些種田挖園的人家，離了鄉村，離了石磨同小牛，離了那年青而強健的丈夫，跟隨到一個熟人，就來到這船上做生意了。做了生意，慢慢的變成為城市裡人，慢慢的與鄉村離遠，慢慢的學會了一些只有城市裡才需要的惡德，於是這婦人就毀了。但那毀，是慢慢的，因為需要一些日子，所以誰也不去注意了。而且也仍然不缺少在任何情形下還依然會好好的保留着那鄉村純樸氣質的婦人，所以在市的小河妓船上，決不會缺少年青女子的來路。

事情非常簡單，一個不戚戚於生養孩子的婦人，到了城市，能夠每月把從城市裡兩個晚上所得的錢，送給那留在鄉下誠實耐勞種田為生的丈夫處去，在那方面就可以過了好日子，名分不失，利益存在，所以許多年青的丈夫，在娶妻以後，把妻送出來，自己留在家中耕田種地安分過日子，也竟是極其平常的事。

這種丈夫，到什麼時候，想及那在船上做生意的年青的媳婦，或逢年過節，照規矩要見見媳婦的面了，自己便換了一身漿洗乾淨的衣服，腰帶上掛了那個工作時常不離口的短煙袋，背了整籮整簍的紅薯糍粑之類，趕到市上來，像訪遠親一樣，從碼頭第一號船上問起，一直到認出自己女人所在的船上為止。問明白了，到了船上，小心小心的把一雙布鞋放到艙外護板上，把帶來的東西交給了女人，一面便用着吃驚的眼睛，搜索女人的全身。這時節，女人在丈夫眼下自然已完全不同了。

大而油光的髮髻，用小鑷子扯成的細細眉毛，臉上的白粉同緋紅胭脂，以及那城市裡人神氣派頭，城市裡人的衣裳，都一定使從鄉下來的丈夫感到極大的驚訝，有點手足無措。那呆像是女人很容易清楚的。女人到後開了口，或者問：「那次五塊錢得了麼？」或者問：「我們那對豬養兒子了沒有？」女人說話時口音自然也完全不同了，變成像城市裡做太太的大方自由，完全不是在鄉下做媳婦的神氣了。

聽女人問到錢，問到家鄉豢養的豬，這作丈夫的看出自己做主人的身份，並不在這船上失去，看出這城裡奶奶還不完全忘記鄉下，膽子大了一點，慢慢的摸出煙管同火鐮。第二次驚訝，是煙管忽然被女人奪去，即刻在那粗而厚大的掌握裡，塞了一枝哈德門香煙的緣故。吃驚也仍然是暫時的事，於是這做丈夫的，一面吸煙一面談話，……

到了晚上，吃過晚飯，仍然在吸那有新鮮趣味的香煙。來了客，一個船主或一個商人，穿生牛皮長統靴子，抱兜一角露出粗而發亮的銀鏈，喝過一肚子燒酒，搖搖蕩蕩的上了船。一上船就大聲的嚷要親嘴要睡，那洪大而含糊的聲音，那勢派，都使這作丈夫的想起了村長同鄉紳那些大人物的威風，於是這丈夫不必指點，也就知道怯生生的往後艙鑽去，躲到那後梢艙上去低低的喘氣，一面把含在口上那枝捲煙摘下來，毫無目的的眺望河中暮景。夜把河上改變了，岸上河上已經全是燈火。這丈夫到這時節一定要想起家裡的雞同小豬，彷彿那些小小東西才是自己的朋友，彷彿那些才是親人，如今與妻接近，與家庭卻離得很遠，淡淡的寂寞襲上了身，他願意轉去了。

當真轉去沒有？不。三十里路路上有豺狗，有野貓，有查夜的放哨的團丁，全是不好惹的東西，轉去自然做不到。船上的大娘自然還得留他上三元宮看夜戲，到四海春去喝清茶，並且既然到了市上，大街上的燈同城市中的人更不可不去看看。於是留下了，坐在後艙看河中景致，等候大娘的空暇。到後要上岸了，就由小陽橋上扳篷架到船頭；玩過後，仍然由那舊地方轉到船上，小心小心使聲音放輕，省得留在

艙裡躺到床上燒煙的人發怒。

到要睡覺的時候，城裡起了更，西梁山上的更鼓咚咚響了一會，悄悄的從板縫裡看看客人還不走，丈夫沒有什麼話可說，就在梢艙上新棉絮裡一個人睡了。半夜裡，或者已睡着，或者還在胡思亂想，那媳婦抽空爬過了後艙，問是不是想吃一點糖。本來非常歡喜口含冰糖的脾氣，是做媳婦的記得清楚明白，所以即或說已經睡覺，已經吃過，也仍然還是塞了一小片冰糖在口裡。媳婦用着略略抱怨自己那種神氣走去了，丈夫把冰糖含在口裡，正像僅僅為了這一點理由，就得原諒媳婦的行為，儘她在前艙陪客，自己也仍然很和平的睡覺了。

這樣的丈夫在黃莊多着，那裡出強健女子同忠厚男人。地方實在太窮了，一點點收成照例要被上面的人拿去一大半，手足貼地的鄉下人，任你如何勤省耐勞的幹做，一年中四分之一時間，即或用紅薯葉子拌和糠灰充飢，總還不容易對付下去。地方雖在山中，離大河碼頭只三十里，由於習慣，女子出鄉討生活，男人通明白這做生意的一切利益。他懂得，女子名分上仍然歸他，養得兒子歸他，有了錢，也總有一部分歸他。

那些船排列在河下，一個陌生人，數來數去是永遠無法數清的。明白這數目，而且明白那秩序，記憶得出每一個船與搖船人樣子，是五區一個老水保。

水保是個獨眼睛的人。這獨眼就據說在年青時節因毆鬥殺過一個水上惡人，因為殺人，同時也就被人把眼睛摳瞎了。但兩隻眼睛不能分明的，他一隻眼睛卻辦到了。一個河裡都由他管事。他的權力在這些小船上，比一個中國的皇帝、總統在地面上的權力還統一集中。

漲了河水，水保比平時似乎忙多了。由於責任，他得各處去看看。是不是有些船上做父母的上了岸，小孩子在哭奶了。是不是有些船上在吵架，需要排難解紛。是不是有些船因照料無人，有溜去的危險。在今天，這位大爺，並且要到各處去調查一些從岸上發生影響到了水面的事情。岸上這幾天來發生三次小搶案，據公安局那方面人說，是凡地上小縫小罅都找尋到了，還是毫無痕跡。地上小縫小罅都虧那些體面的在職人員找過，於是水保的責任便到了。他得了通知，就是那些說謊話的公安局辦事處通知，要他到半夜會同水面武裝警察上船去搜索“歹人”。

水保得到這個消息時是上半天。一個整白天他要做許多事。他要先盡一些從平日受人款待好酒好肉而來的義務了，於是沿了河岸，從第一號船起始，每個船上去談談話。他得先調查一下，問問這船上是不是留容得有不端正的外鄉人。

做水保的人照例是水上一霸，凡是屬於水面上的事他無有不知。這人本來就是一個吃水上飯的人，是立於法律同官府對面，按照習慣被官吏來利用，處治這水上一切的。但人一上了年紀，世界成天變，變去變來這人有了錢，成過家，喝點酒，生兒育女，生活安舒，這人慢慢的轉成一個和平正直的人了。在職務上幫助了官府，在感情上卻親近了船家。

在這些情形上面他建設了一個道德的模範。他受人尊敬不下於官，卻不讓人害怕討厭。他做了河船上許多妓女的乾爹。由於這些社會習慣的聯繫，他的行為處事是靠在水上人一邊的。

他這時正從一個木跳板上躍到一隻新油漆過的"花船"頭，那船位置在較清靜的一家蓮子舖吊腳樓下。他認得這隻船歸誰管，一上船就喊"七丫頭"。

沒有聲音。年青的女人不見出來，年老的掌班也不見出來。老年人很懂事情，以為或者是大白天有年青男子上船做呆事，就站在船頭眺望，等了一會。

過一陣他又喊了兩聲，又喊伯媽，喊五多；五多是船上的小毛頭，年紀十二歲，人很瘦，聲音尖銳，平時大人上了岸就守船，買東西煮飯，常常挨打，愛哭，過一會兒又唱起小調來。但是喊過五多後，也仍然得不到結果。因為聽到艙裡又似乎實在有聲音，像人出氣，不像全上了岸，也不像全在做夢。水保就鉤身窺覷艙口，向暗處詢問是誰在裡面。

裡面還是不作答。

水保有點生氣了，大聲的問，"你是哪一個？"

裡面一個很生疏的男子聲音，又虛又怯回答說，"是我。"接着又說，"都上岸去了。"

"都上岸了麼？"

"上岸了。她們……"

好像單單是這樣答應，還深恐開罪了來人，這時覺得有一點義務要盡了，這男子於是從暗處爬出來，在艙口，小心小心扒到篷架，非常拘束的望到來人。

　　先是望到那一對峨然巍然似乎是為柿油塗過的豬皮靴子，上去一點是一個赭色柔軟麂皮抱兜，再上去是一雙迴環抱着的毛手，滿是青筋黃毛，手上有顆其大無比的黃金戒指，再上去才是一塊正四方形像是無數橘子皮拼合而成的臉膛。這男子，明白這是有身份的主顧了，就學到城市裡人說話，說，"大爺，您請裡面坐坐，她們就回來。"

　　從那說話的聲音，以及乾漿衣服的風味上，這水保一望就明白這個人是才從鄉下來的種田人。本來女人不在就想走，但年青人忽然使他發生了興味，他留着了。

　　"你從什麼地方來的？"他問他，為了不使人拘束，水保取得是做父親的和平樣子，望到這年青人。"我認不得你。"

　　他想了一下，好像也並不認得客人，就回答，"我昨天來的。"

　　"鄉下麥子抽穗了沒有？"

　　"麥子嗎？水碾子前我們那麥子，哈，我們那豬，哈，我們那……"

　　這個人，像是忽然明白了答非所問，記起了自己是同一個有身份的城裡人說話，不應當說"我們"，不應當說我們"水碾子"同"豬"，把字眼用錯，所以再也接不下去了。

　　因為不說話，他就怯怯的望到水保笑，他要人了解他，原諒他——他是個正派人，並不敢有意張三拿四。

　　水保是懂這個意思的。且在這對話中，明白這是船上人的親戚了，他問年青人，"老七到什麼地方去了，什麼時候

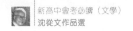

可以回來？”

　　這時節，這年青人答語小心了。他仍然說：“是昨天來的。”他又告水保，他“昨天晚上來的”。末了才說，老七同掌班、五多上岸燒香去了，要他守船。因為守船必得把守船身份說出，他還告給了水保，他是老七的“漢子”。

　　因為老七平常喊水保都喊乾爹，這乾爹第一次認識了女婿，不必挽留，再說了幾句，不到一會兒，兩人皆爬進艙中了。

　　艙中有個小小床鋪，床上有錦綢同紅色印花洋布鋪蓋，摺疊得整整齊齊。來客照規矩應當坐在床沿。光線從艙口來，所以在外面以為艙中極黑，在裡面卻一切分明。

　　年青人為客找煙卷，找自來火，毛腳毛手打翻了身邊一個貯栗子的小罈子，圓而發烏金光澤的板栗在薄明的船艙裡各處滾去，年青人各處用手去捕捉，仍然放到小罈中去，也不知道應當請客人吃點東西。但客人卻毫不客氣，從艙板上把栗拾起咬破了吃，且說這風乾的栗子真好。

　　“這個很好，你不歡喜麼？”因為水保見到主人並不剝栗子吃。

　　“我歡喜。這是我屋後栗樹上長的。去年結了好多，乖乖的從刺球裡爆出來，我歡喜。”他笑了，近於提到自己兒子模樣，很高興說這個話。

　　“這樣大栗子不容易得到。”

　　“我一個一個選出來的。”

　　“你選？”

“是的，因為老七歡喜吃這個，我才留下來。”

“你們那裡可有猴栗？”

“什麼猴栗？”

水保就把故事所說的“猴子在大山上住，被人辱罵時，拋下拳大栗子打人。人想這栗子，就故意去山下罵醜話，預備撿栗子。”——說給鄉下人聽。

因為栗子，正苦無話可說的年青人，得到同情他的人了。他就告水保另外屬於栗子的種種事情。他知道的鄉下問題可多咧。於是他說到地名“栗坳”的新聞。又說到一種栗木作成的犁具如何結實合用。這人是太需要說到這些了。昨天來一晚上都有客人吃酒燒煙。把自己關閉在小船後梢，同五多說話，五多睡得成死豬。今天一早上，本來應當有機會同媳婦談到鄉下事情了，女人又說要上岸過七里橋燒香，派他一個人守船。坐到船上等了半天，還不見人回，到後梢去看河上景致，一切新奇不同，全只給自己發悶。先一時，正睡在艙裡，就想這滿江大水若到鄉下漲，魚梁上不知道應當有多少鯉魚上梁！把魚捉來時，用柳條穿鰓到太陽下去曬，正計算到那數目，總算不清楚。忽然客人來到船上，似乎一切魚都爭着跳進水中去了。

來了客人，且在神氣上看出來人是並不拒絕這些談話的，所以這年青人，凡是預備到同自己媳婦在枕邊訴說的各樣事情，這時得到了一個好機會，都拿來同水保談了。

他告給水保許多鄉下情形，說到小豬搗亂的脾氣，叫小豬名字是“乖乖”，又說到新由石匠整治過的那副石磨，順

便告給了一個石匠的笑話。又說到一把失去了多久的鐮刀，一把水保夢想不到的小鐮刀，他說，

"你瞧，奇怪不奇怪？我賭咒我各處都找到了。我們的床下，門枋上，倉角裡，什麼不找到？它躲了。躲貓貓一樣，不見了。我為這件事罵過老七。老七哭過。可還是不見。鬼打岩，蒙蒙眼，原來它躲在屋樑上飯籮裡！半年躲在飯籮裡！它吃飯！一身銹得像生瘤。這東西多狡猾！我說這個你明白我沒有？怎麼會到飯籮裡半年？那是一隻做樣子的東西，掛到斗窗上。我記起那事了，是我削楔子，手上刮了皮，流了血，生了大氣，賭氣把刀一丟。……到水上磨了半天，還不錯，仍然能吃肉，你一不小心，就得流血。我還不曾同老七說到這個，她不會忘記那哭得傷心的一回事。找到了，哈哈，真找到了。"

"找到它就好了。"

"是的，得到了它那是好的。因為我總疑心這東西是老七掉到溪裡，不好意思說明。我知道她不騙我了。我明白了。我知道她受了冤屈，因為我說過：'找不出麼？那我就要打人！'我並不曾動過手。可是生氣時也真嚇人。她哭了半夜！"

"你不是用得着它割草麼？"

"嗨，哪裡，用處多咧。是小鐮刀，那麼精巧，你怎麼說是割草？那是削一點薯皮，刮刮籮：這些這些用的。小得很，值三百錢，鋼火妙極了。我們都應當有這樣一把刀放到身邊，不明白麼？"

水保説，"明白明白：都應當有一把，我懂你這個話。"

他以為水保當真是懂的，什麼也説到了，甚至於希望明年來一個小寶寶，這樣只合宜於同自己的媳婦睡到一個枕頭上商量的話也説到了。年青人毫無拘束的還加上許多粗話蠢話。説了半天，水保起身要走了，他才記起問客人貴姓。

"大爺，您貴姓？留一個片子到這裡，我好回話。"

"不用不用。你只告她有這麼一個大個兒到過船上，穿這樣大靴子。告她晚上不要接客，我要來。"

"不要接客，您要來？"

"就是這樣説，我一定要來的。我還要請你喝酒。我們是朋友。"

"我們是朋友，是朋友。"

水保用他那大而肥厚的手掌，拍了一下年青人的肩膊，從船頭上岸，走到別一個船上去了。

在水保走後，年青人就一面等候一面猜想這個大漢子是誰。他還是第一次同這樣尊貴的人物談話。他不會忘記這很好的印象的。人家今天不僅是同他談話，還喊他做朋友，答應請他喝酒！他猜想這人一定是老七的"熟客"。他猜想老七一定得了這人許多錢。他忽然覺得愉快，感到要唱一個歌了，就輕輕的唱了一首山歌。用四溪人體裁，他唱得是"水漲了，鯉魚上梁，大的有大草鞋那麼大，小的有小草鞋那麼小。"

但是等了一會還不見老七回來，一個鬼也不回來，他又

想起那大漢子的丰采言談了。他記起那一雙靴子，閃閃發
光，以為不是極好的山柿油塗到上面，是不會如此體面好看
的。他記起那黃而發沉的戒指，說不分明那將值多少錢，一
點不明白那寶貝為什麼如此可愛。他記起那偉人點頭同發
言，一個督撫的派頭，一個軍長的身份──這是老七的財
神！他於是又唱了一首歌。用楊村人不莊重口吻，唱得是
"山坳的團總燒炭，山腳的地保爬灰；爬灰紅薯才肥，燒炭臉
龐發黑。"

　　到午時，各處船上都已有人燒飯了。濕柴燒不燃，煙子
各處竄，使人流淚打嚏，柴煙平鋪到水面時如薄綢。聽到河
街館子裡大師傅用鏟子敲打鍋邊的聲音，聽到鄰船上白菜落
鍋的聲音，老七還不見回來。可是船上燒濕柴的本領年青人
還沒有學到，小鋼灶總是冷冷的不發吼。做了半天還是無結
果，只有把它放下一個辦法了。

　　應當吃飯時候不得飯吃，人餓了，坐到小櫈上敲打艙
板，他仍然得想一點事情。一個不安分的估計在心上滋長
了。正似乎為裝滿了錢鈔便極其驕傲模樣的抱兜，在他眼下
再現時，把原有的和平已失去了。一個用酒糟同紅血所捏成
的橘皮紅色四方臉，也是極其討厭的神氣，保留到印象上。
並且，要記憶有什麼用？他記憶得到那囑咐，是當到一個丈
夫面前說的！"今晚上不要接客，我要來。"該死的話，是
那麼不客氣的從那吃紅薯的大口裡說出！為什麼要說這個？
有什麼理由要說這個？……

　　胡想使他心上增加了憤怒，飢餓重複揪着了這憤怒的

心，便有一些原始人就不缺少的情緒，在這個年青簡單的人情緒中長大不已。

他不能再唱一首歌了。喉嚨為妒嫉所扼，唱不出什麼歌。他不能再有什麼快樂。按照一個種田人的脾氣，他想到明天就要回家。

有了脾氣再來燒火，自然更不行了，於是把所有的柴全丟到河裡去了。

「雷打你這柴！要你到洋裡海裡去！」

但那柴是在兩三丈以外，便被別個船上的人撈起了的。那船上人似乎一切都準備好了，正等待一點從河面漂流而來的濕柴，把柴撈上，即刻就見到用廢纜一段引火，且即刻滿船發煙，火就帶着小小爆裂聲音燃好了。看到這一切，新的憤怒使年青人感到羞辱，他想不必等待人回船就要走路。

在街尾遇到女人同小毛頭五多兩個人，正牽了手說着笑着走來。五多手上拿得有一把胡琴，嶄新的樣子，這是做夢也不曾遇到的一件傢伙！

「你走哪裡去？」

「我──要回去。」

「要你看船船也不看，要回去。什麼人得罪了你，這樣小氣？」

「我要回去，你讓我回去。」

「回到船上去！」

看看媳婦，樣子比說話還硬勁。並且看到那一張胡琴，明知道這是特別買來給他的，所以再不能堅持，摸了摸自己發燒的額角，幽幽的說，“回去也好，回去也好”，就跟了媳婦的身後跑轉船上。

掌班大娘也趕來了，原來提了一副豬肺，好像東西只是乘便偷來的，深恐被人追上帶到衙門裡去。所以跑得顴骨發了紅，喘氣不止。大娘一上船，女人在艙中就喊：

“大娘，你瞧，我家漢子想走！”

“誰說的，戲都不看就走！”

“我們到街口碰到他，他生氣樣子，一定是怪我們不早回來。”

“那是我的錯；是菩薩的錯；是屠戶的錯。我不該同屠戶為一個錢吵鬧半天，屠戶不該肺裡灌這樣多水。”

“是我的錯。”陪男子在艙裡的女人，這樣說了一句話，坐下了。對面是男子漢。她於是有意的在把衣服解換時，露出極風情的紅綾胸褡。胸褡上繡了“鴛鴦戲荷”。

男子黻着，不說話。有說不出的什麼東西，在血裡竄着湧着。

在後梢，聽到大娘同五多談着柴米。

“怎麼我們的柴都被誰偷去了！”

“米是誰淘好的？”

“一定是火燒不燃。……姐夫是鄉下人，只會燒松香。”

“我們不是昨天才解散一捆柴麼？”

“都完了。”

“去前面搬一捆，不要說了。”

“姐夫只知道淘米！”

聽到這些話的年青漢子，一句話不說，靜靜的坐在艙裡，望到那一把新買來的胡琴。

女人說，“弦都配好了，試拉拉看。”

先是不作聲，到後把琴擱在膝上，查看松香。調琴時，生疏的音從指間流出，拉琴人便快樂的微笑了。

不到一會，滿艙是煙，男子被女人喊出去，仍然把琴拿到外面去，站在船頭調弦。

到後吃中飯時，五多說：

“姐夫，你回頭拉‘孟姜女哭長城’，我唱。”

“我不會拉。”

“我聽說你拉得很好，你騙我謊我。”

“我不騙你。”

大娘說，“我聽老七說你拉得好，所以到廟裡，一見這琴，我就想起你才說就為姐夫買回去吧。是運氣，爛賤就買來了。這到鄉裡一塊錢還恐怕買不到，不是麼？”

“是的。值多少錢？”

“一吊六。他們都說值得！”

五多說，“誰說值得？”

大娘很生氣的說，“毛丫頭，誰說不值得？你知道什麼！撕你的嘴！”

因為這琴是從一個賣琴熟人手上拿來，一個錢不花，聽到大娘的謊話，五多分辯，大娘就罵五多，老七卻笑了。男子以為這是笑大娘不懂事，所以也在一旁乾笑。

　　男子先把飯吃完，就動手拉琴，新琴聲音又清又亮，五多高興到得意忘形，放下碗筷唱將起來，被大娘結結實實打了一筷子頭，才忙着吃飯、收碗、洗鍋子。

　　到了晚上，前艙蓋了篷，男子拉琴，五多唱歌，老七也唱歌，美孚燈罩子有紅紙剪成的遮光帽，全艙燈光紅紅的如辦大喜事，年青人在熱鬧中像過年，心上開了花。可是過不久，有兵士從河街過身，喝得爛醉，聽到這聲音了。

　　兩個醉鬼踉踉蹌蹌到了船邊，兩手全是污泥，用手扳船，口含胡桃那麼混混胡胡的嚷叫：

　　"什麼人唱，報上名來！唱得好，賞一個五百。不聽到麼？老子賞你五百！"

　　裡面琴聲戛然而止，沉靜了。

　　醉鬼用腳不住踢船，蓬蓬蓬發出鈍而沉悶的聲音，且想推篷，搜索不到篷蓋接榫處，於是又叫嚷，"不要賞麼，婊子狗造的？裝聾，裝啞？什麼人敢在這裡作樂？我怕誰？皇帝我也不怕。大爺，我怕皇帝我不是人！我們軍長師長，都是混賬王八蛋！是皮蛋雞蛋，寡了的臭蛋！我才不怕。"

　　另一個喉嚨發沙的說道：

　　"騷婊子？出來拖老子上船！"

　　且即刻聽到用石頭打船篷，大聲的辱罵祖宗。一船人都嚇慌了。大娘忙把燈扭小一點，走出去推篷，男子聽到那洶洶聲氣，夾了胡琴就往後艙鑽去。不一會，醉人已經進到前艙了。兩個人一面說着野話一面要爭到同老七親嘴，同大娘五多親嘴。且聽到問：“是什麼人在此唱歌作樂，把拉琴的抓來再給老子唱一個歌。”

大娘不敢作聲，老七也無主意了，兩個酒瘋子就大聲的罵人。

“臭貨，喊龜子出來，跟老子拉琴，賞一千！英雄蓋世的曹孟德也不會這樣大方！我賞一千，一千個紅薯，快來，不出來我燒掉你們這隻船！聽着沒有，老東西!? 趕快，莫讓老子們生了氣，燈籠子〔1〕認不得人？”

“大爺，這是我們自己家幾個人玩玩，不是外人……”

“不！不！不！老婊子，你不中吃。你老了，皺皮柑！快叫拉琴的來！雜種！我要拉琴，我要自己唱！”一面説一面便站起身來，想向後艙去搜尋。大娘弄慌了，把口張大合不攏去。老七急中生智，拖着那醉鬼的手，安置到自己的大奶上。醉人懂到這意思，又坐下了。“好的，妙的，老子出得起錢，老子今天晚上要到這裡睡覺！孤王酒醉在桃花宮，韓素梅生來好貌容〔2〕……”

這一個在老七左邊躺下去後，另一個不説什麼，也在右邊躺了下去。

年青人聽到前艙彷彿安靜了一會，在隔壁輕輕的喊大娘。正感到一種侮辱的大娘，悄悄爬過去，男子還不大分明是什麼事情，問大娘：

“什麼事情？”

“營上的副爺，醉了，像貓，等一會兒就得走。”

“要走才行。我忘記告你們了，今天有一個大方臉人來，好像大官，吩咐過我，他晚上要來，不許留客。”

“是腳上穿大皮靴子，說話像打鑼麼？”

“是的，是的。他手上還有一個大金戒子。”

“那是老七乾爹。他今早上來過了麼？”

“來過的。他說了半天話才走，吃過些乾栗子。”

“他說些什麼？”

“他說一定要來，一定莫留客，……還說一定要請我喝酒。”

大娘想想，來做什麼？難道是水保自己要來歇夜？難道是老對老，水保注意到……想不通，一個老鴇雖一切醜事做成習慣，什麼也不至於紅臉，但被人說到“不中吃”時，是多少感到一種羞辱的。她悄悄的回到前艙，看前艙新事情不成樣子，扁了扁癟嘴，罵了一聲豬狗，終歸又轉到後艙來了。

“怎麼？”

“不怎麼。”

“怎麼，他們走了？”

“不怎麼，他們睡了。”

“睡了？”

大娘雖不看清楚這時男子的臉色，但她很懂這語氣，就說：“姐夫，你難得上城來，我們可以上岸玩去。今夜三元宮夜戲，我請你坐高台子，是‘秋胡三戲結髮妻’。”

男子搖頭不語。

　　兵士胡鬧一陣走後，五多大娘老七都在前艙燈光下説笑，説那兵士的醉態。男子留在後艙不出來。大娘到門邊喊過了二次，不答應，不明白這脾氣從什麼地方發生。大娘回頭就來檢查那四張票子的花紋，因為她已經認得出票子的真假了。票子倒是真的，她在燈光下指點給老七看那些記號，那些花，且放到鼻子上嗅嗅，説這個一定是清真館子裡找出來的，因為有牛油味道。

　　五多第二次又走過去，“姐夫，姐夫，他們走了，我們來把那個唱完，我們還得……”

　　女人老七像是想到了什麼心事，拉着了五多，不許她説話。

　　一切沉默了。男子在後艙先還是正用手指扣琴弦，作小小聲音，這時手也離開那弦索了。

　　三個女人都聽到從河街上飄來的鑼鼓嗩吶聲音，河街上一個做生意人辦喜事，客來賀喜，大唱堂戲，一定有一整夜熱鬧。

　　過了一會，老七一個人輕腳輕手爬到後艙去，但即刻又回來了。

　　大娘問：“怎麼了？”

　　老七搖搖頭，嘆了一口氣。

　　先以為水保恐怕不會來的，所以大家仍然睡了覺，大娘老七五多三個人在前艙，只把男子放到後面。

　　查船的在半夜時，由水保領來了，水面鴉雀無聲，四個全副武裝警察守在船頭，水保同巡官晃着手電筒進到前艙。
這時大娘已把燈捻明了，她經驗多，懂得這不是大事情。老
七披了衣坐在床上，喊乾爹，喊巡官老爺，要五多倒茶。五
多還睡意迷蒙，只想到夢裡在鄉下摘三月莓。

男子被大娘搖醒揪出來，看到水保，看到一個穿黑制服
的大人物，嚇得不能説話，不曉得有什麼嚴重事情發生。

那巡官裝成很有威風的神氣開了口：“這是什麼人？”

水保代為答應，“老七的漢子，才從鄉下來走親戚。”

老七説道，“老爺，他昨天才來的。”

巡官看了一會兒男子，又看了一會兒女人，彷彿看出水
保的話不是謊話，就不再説話了，隨意在前艙各處翻翻。待
注意到那個貯風乾栗子的小罐子時，水保便抓了一大把栗子
塞到巡官那件體面制服的大口袋裡去，巡官只是笑，也不説
什麼。

一夥人一會兒就走到另一船上去了。大娘剛要蓋篷，一
個警察回來傳話：

“大娘，大娘，你告老七，巡官要回來過細考察她一下，
你懂不懂？”

大娘説，“就來麼？”

“查完夜就來。”

“當真嗎？”

“我什麼時候同你這老婊子説過謊？”

大娘很歡喜的樣子，使男子很奇怪，因為他不明白為什
麼巡官還要回來考察老七。但這時節望到老七睡起的樣子，

上半晚的氣已經沒有了，他願意講和，願意同她在床上說點家常私話，商量件事情，就傍床沿坐定不動。

大娘像是明白男子的心事，明白男子的慾望，也明白他不懂事，故只同老七打知會，「巡官就要來的！」

老七咬着嘴唇不作聲，半天發痴。

男子一早起來就要走路，沉默的一句話不說，端整了自己的草鞋，找到了自己的煙袋。一切歸一[3]了，就坐到那矮床邊沿，像是有話說又說不出口。

老七問他，「你不是昨晚上答應過乾爹，今天到他家中吃中飯嗎？」

「……」搖搖頭，不作答。

「人家特意為你辦了酒席，好意思不領情？」

「……」

「戲也不看看麼？」

「……」

「滿天紅的葷油包子，到半日才上籠，那是你歡喜的包子。」

「……」

一定要走了，老七很為難，走出船頭呆了一會，回身從荷包裡掏出昨晚上那兵士給的票子來，點了一下數，一共四張，捏成一把塞到男子左手心裡去。男子無話說，老七似乎懂到那意思了，「大娘，你拿那三張也把我。」大娘將錢取出，老七又把這錢塞到男子右手心裡去。

男子搖搖頭，把票子撒到地下去，兩隻大而粗的手掌搗

着臉孔，像小孩子那樣莫名其妙的哭了起來。

五多同大娘看情形不好，一齊逃到後艙去了。五多心想這真是怪事，那麼大的人會哭，好笑。可是她並不笑。她站在船後梢舵，看見掛在梢艙頂樑上的胡琴，很願意唱一個歌，可是不知為什麼也總唱不出聲音來。

水保來船上請遠客吃酒，只有大娘同五多在船上。問到時，才明白兩夫婦一早都回轉鄉下去了。

一九三〇年四月作於吳淞

┃題解┃

、 題目是《丈夫》，別有意味。為什麼是"丈夫"？因為這是一個有點特別的丈夫。這不是娶了老婆居家過日子的丈夫。這是從事"古老職業"的女人——妓女的丈夫。

湘西水上的妓女有兩種，一種是在吊腳樓上做"生意"的。長期的包佔也可以，短時間的"關門"也可以。"婊子愛鈔"，對到樓上來燒煙胡鬧的川東客人，常常會掏空他們的荷包，但對有情有義的水手，則銀錢就在可有可無之間了。《柏子》所寫的便是這種妓女。這種妓女的愛是強烈的，美麗的。一種，是在船上做"生意"的，這種船被稱為"花船"。

> 船上人，她們把這件事也像其餘地方一樣，這叫做"生意"。……她們從鄉下來，從那些種田挖園人家，離了鄉村，離了石磨和小牛，離了那年青而強健的丈夫，跟隨到一個熟人，就來到這船上做生意了。

……事情非常簡單，一個不汲汲於生養孩子的婦人，到了城裡，能夠每月把從城裡兩個晚上所得的錢，送給那在鄉下誠實耐勞種田為生的丈夫處去，在那方面就可以過了好日子，名分不失，利益存在，所以許多年青的丈夫，在娶妻以後，把妻送出來，自己留在家裡耕田種地安分過日子，也竟是極其平常的事。

然而這畢竟不是平常的事。有的丈夫不要過這樣的生活，不要當這樣的"丈夫"！他們的心不平靜。照現在流行的說法：他們覺得很"失落"。

這篇小說寫的就是一個丈夫的"失落"。

┃注釋┃

〔1〕燈籠子認不得人：燈籠子，子彈的暗語。

〔2〕孤王酒醉桃花宮，韓素梅生來好貌容：1930 年在《小說月報》上發表時本無此二句，這是 1957 年校改時加上的。這是劉鴻聲唱的京劇《斬黃袍》裡的唱詞。湖南地方戲（湘劇、花鼓戲）有沒有《斬黃袍》這齣戲、戲裡有沒有"孤王酒醉桃花宮"這樣的唱詞，待考。不過劉鴻聲的《斬黃袍》當時唱得很紅，全國各地愛哼哼京劇的人都會唱這兩句，那兩個喝醉了的兵痞子唱這兩句風行一時的京劇，是有可能的。沈先生在北京住了很久，正是劉鴻聲大紅的時候，街頭巷尾聽熟了這兩句《斬黃袍》，以致寫進小說，也是可能的，正如同魯迅把"先帝爺白帝城叮嚀就"（《空城計》唱詞）寫進小說裡一樣。

〔3〕歸一：一切準備妥當，叫做"歸一"，西南諸省都有此說法。

▌賞析▌

這些丈夫逢年過節有時會從鄉下來到城裡，見見自己的媳婦，好像走一趟遠親。

有一個丈夫（不知道他叫什麼名字）從鄉下來看他的媳婦，媳婦名叫老七。

丈夫在船上只住了兩天，可是在這兩天內，一個鄉下男人的感情歷程是複雜的。

夫妻的感情是和睦的，也不缺少疼愛。見了面，老七就問起"上次的五塊錢得了沒有"，"我們那對小豬生兒子沒有"這一類的家常話。丈夫特為選了一罐特大的栗子送來，因為老七愛吃這個。丈夫有口含冰糖睡覺的習慣，老七在接客過程中還悄悄爬進丈夫睡覺的後艙，在他嘴裡塞一片冰糖⋯⋯

但是丈夫對這樣的生活很不習慣。

首先是媳婦變了樣：大而油光的髮髻，用小鑷子扯成的細細眉毛，臉上的白粉同緋紅的胭脂，以及那城市裡人神氣派頭，城市裡人的衣裳，都一定使從鄉下來的丈夫感到極大的驚訝，有點手足無惜。

晚上，來了客（嫖客），喝過一肚子燒酒，搖搖蕩蕩的上了船，一上船就大聲的嚷，要親嘴要睡。於是這丈夫不必指點，也就知道怯生生的往後艙鑽去，躲在那後梢艙上去低低的喘氣。

來了一個大漢，是"水保"，老七的乾爹。這水保對丈夫發生了興趣，和他東拉西扯地扯了許多閒話。這水保和氣得很，但是臨行時卻叫他告訴老七："告她晚上不要接客，我要來。"

"他記憶得到那囑咐，是當到一個丈夫面前說的！"該死的話，是當到一個丈夫面前說的！

兩個喝得爛醉的兵上了船，大呼小叫撒酒瘋，連領班的大娘也沒有辦法。老七急中生智，拖着醉兵的手，安置到自己的大奶上。醉鬼這才安靜了下來。

半夜裡，水保領着四個武裝警察來查船（他們是來查"歹人"的）。查完了，一個警察回來傳話："你告老七，巡官要回來過細考察她一下。"

丈夫不明白：為什麼巡官還要回來考察老七。

丈夫是年青強健的男人，當然會有性的慾望。

老七有意的在把衣服解換時，露出極風情的紅綾胸襠。老七也真不好，你幹嘛逗丈夫的"火"！

丈夫願意同老七在床上說點家常私話，商量件事情，就傍床沿坐定不動。

大娘像是明白男子的心事，明白男子的慾望，也明白他不懂事，故只同老七打知會，"巡官就要來的！"

老七咬着嘴唇不作聲，半天發痴。

男子一早起就要走路。"乾爹"家的酒席也不想去吃，夜戲也不想看，"滿天紅"的葷油包子也不想吃。

一定要走了，老七很為難，走出船頭呆了一會，回身從荷包裡掏出昨晚上那兵士給的票子，又向大娘要了三張，塞到男子手心裡去。

男子搖搖頭，把票子撒到地上去，像小孩子那樣莫名其妙地哭起來。

這個丈夫為什麼要哭？他這兩天受了很大的屈辱，他的感情受了極其嚴重的傷害。他是個男人，是個丈夫，是個人。他有他的尊嚴，他的愛。有的評論家說：這篇小說寫的是人性的回歸，可以同意。

這篇小說的結尾非常簡單：

水保來船上請遠客吃酒，只有大娘同五多在船上。問到時，才明白兩夫婦一早都回轉鄉下去了。

一個非常耐人尋味的結尾。

| 貴 生 |

　　貴生在溪溝邊磨他那把鐮刀，鋒口磨得亮堂堂的。手試
一試刀鋒後，又向水裡隨意砍了幾下。秋天來溪水清個透
亮，活活的流，許多小蝦子腳攀着一根草，在水裡游蕩，有
時又躬着個身子一彈，遠遠的彈去，好像很快樂。貴生看到
這個也很快樂。天氣極好，正是城市裡風雅人所說"秋高氣
爽"的季節，貴生的鐮刀如用得其法，就可以過一個有魚有
肉的好冬天。秋天來，遍山土坎上芭茅草開着白花，在微風
裡輕輕的搖，都彷彿向人招手似的說，"來，割我，乘天氣
好磨快了你的刀，快來割我，挑進城裡去，捌百錢擔，換半
斤鹽好，換一斤肉也好，隨你的意！"貴生知道這些好處。
並且知道五擔草就能夠換個豬頭，揉四兩鹽腌起來，那對豬
耳朵，也夠下酒兩三次！一個月前打穀子時，各家田裡放
水，人人用雞籠在田裡罩肥鯉魚，貴生卻磨快了他的鐮刀，
點上火把，半夜裡一個人在溪溝裡砍了十來條大鯉魚，全用
鹽揉了，掛在灶頭用柴煙燻得乾乾的。現在磨刀，就準備割
草，挑上城去換年貨。正像俗話說的：兩手一肩，快樂神
仙。村子裡住的人，因幾年來城裡東西樣樣貴，生活已大不
如從前，可是一個單身漢子，年富力強，遇事肯動手，又不
胡來亂為，過日子總還容易。

　　貴生住的地方離大城廿里，離張五老爺圍子兩里。五老
爺是當地財主，近邊山坡田地大部分歸五老爺管業，所以做
田種地的人都與五老爺有點關係。五老爺要貴生做長工，貴

生以為做長工不是住圍子就得守山，行動受管束，大不願意。自己用鐮刀砍竹子，剝樹皮，搬石頭，在一個小土坡下，去溪水不遠處，借五老爺土地砌了一棟小房子，幫五老爺看守兩個種桐子的山坡，作為借地住家的交換。住下來他砍柴割草為生。春秋二季農事當忙時，有人要短工幫忙，他鄰近五里無處不去幫忙（食量抵兩個人，氣力也抵兩個人）。逢年過節村子裡頭行人捐錢紮龍燈上城去比賽，他必在龍頭前鬥寶，把個紅布繡球舞得一團火似的，受人喝彩。春秋二季答謝土地，村中人合夥唱戲，他扮王大娘補缸的補缸匠[1]，賣柴扒的程咬金[2]。他歡喜喝一杯酒，可不同人酗酒打架。他會下盤棋，可不像許多人那樣變棋迷。間或也說句笑話，可從不口角傷人。為人稍微有點子憨勁，可不至於傻相。雖是個乾窮人，可窮得極硬朗自重。有時到圍子裡去，五老爺送他一件衣服，一條褲子，或半斤鹽，他心中不安，必在另外一時帶點東西去補償。他常常進城去賣柴賣草，就把錢換點應用東西。城裡尚有個五十歲的老舅舅，給大戶人家作廚子，不常往來，兩人倒很要好。進城看望舅舅時，他照例帶點禮物，不是一袋胡桃，一袋栗子，就是一隻山上裝套捕住的黃鼠狼，或是一隻野雞。到城裡有時住在舅舅處，那舅舅晚上無事，必帶他上河沿天后宮去看夜戲，消夜時還請他吃一碗牛肉麵。

在鄉下，遠近幾里村子上的人，都和他相熟，都歡喜他。他卻樂意到離住處不遠橋頭一個小生意人舖子裡去。那開雜貨舖的老闆是沅水中游浦市人，本來飄鄉作生意，每月一次，挑貨物各個村子裡去和鄉下人講買賣，吃的用的全賣。到後來看中了那個橋頭，知道官路上往來人多，與其從城裡打了貨四鄉跑，還不如在橋頭安個家。一面作各鄉生意，一面搭個亭子給過路人歇腳，就近作過路人買賣。因此就在橋頭安了家。住處一定，把老婆和一個十三歲的小女孩也接來了。浦市人本來為人和氣，加之幾年來與附近各村子各大圍子都有往來，如今來在橋頭開舖子，生意發達是很自然的。那老婆照浦市人中年婦女打扮，頭上長年裹一塊長長的黑色縐綢首帕，把眉毛拔得細細的。一張口甜甜的，見男的必稱大哥，女的稱嫂子，待人特別殷勤。因此不到半年，橋頭舖子不特成為鄉下人買東西地方，並且也成為鄉下人談天歇息地方了。夏天橋頭有三株大青樹，特別涼爽。冬天舖子裡土地上燒得是大樹根和油枯餅[3]，火光熊熊——真可謂無往不宜。

　　貴生和舖子裡人大小都合得來，手腳又勤快，幾年來，那雜貨舖老闆娘待他很好，他對那個女兒也很好。山上多的是野生瓜果，栗子榛子不出奇，三月裡他給她摘大莓，六月裡送她地枇杷，八九月裡還有出名當地、樣子像乾海參、瓤白如玉如雪的八月瓜，尤其逗那女孩子歡喜。女孩子名叫金鳳。那老闆娘一年前因為回浦市去吃喜酒，害蛇鑽心病死掉了，雜貨舖充補了個毛伙，全身無毛病，只因為性情活跳，取名叫做癩子。

　　貴生不知為什麼總不大歡喜那癩子，兩人談話常常頂板，癩子卻老是對他嘻嘻笑。貴生說，"癩子，你若在城裡，你是流氓；你若在書上，你是奸臣。"癲子還對他笑。貴生不歡喜癲子，那原因誰也不明白，雜貨舖老闆倒知道，因為貴生怕癲子招郎上門，從幫手改成駙馬。

貴生其時正在溪水邊想癲子會不會作"賣油郎"，圍子裡有人搭口信來，說五爺下鄉了，要貴生去看看南山桐子熟了沒有。看過後去圍子裡回話。

貴生聽了信，即刻去山上看桐子。

貴生上了山，山上泥土鬆鬆的，樹根蓬草間，到處有秋蟲鳴叫。一下腳，大而黑的油蛐蛐，小頭尖尾的金鈴子各處亂蹦。幾個山頭看了一下，只見每株樹枝都被飽滿堅實的桐木果壓得彎彎的，好些已落了地，山腳草裡到處都是。因為一個土塍[4]上有一片長藤，上面結了許多顏色烏黑的東西，一群山喜鵲喳喳的叫着，知道八月瓜已成熟了，趕忙跑過去。山喜鵲見人來就飛散了。貴生把藤上八月瓜全摘下來，裝了半斗笠，預備帶回去給橋頭金鳳吃。

貴生看過桐子，回到家裡，晚半天天還早，就往圍子去稟告五爺。

到圍子時，見院裡擱了一頂轎子，幾個腳夫正閉着眼蹲在石碌磚上吸旱煙管。貴生一看知道城裡另外來了人，轉身往倉房去找鴨毛伯伯。鴨毛伯伯是五老爺圍子裡老長工，每天坐在倉房邊打草鞋。倉房不見人，又轉往廚房去，才見着鴨毛伯伯正在小桌邊同幾個城裡來的年青夥子坐席，用大提子從黑色甕缸裡舀取燒酒，煎乾魚下酒。見貴生來就邀他坐下，參加他們的吃喝。原來新到圍子的是四爺，剛從河南任上回城，趕來看五爺，過幾天又得往河南去。幾個人正談到五爺和四爺在任上的種種有趣故事。

一個從城裡來的小禿頭，老軍務神氣，一面笑一面說：

"人說我們四老爺實缺騎兵旅長是他自己玩掉的。一個人愛玩，衣祿上有一筆賬目，不玩見閻王銷不了賬，死後來生還是玩。上年軍隊紮在汝南地方，一個月他玩了八個，把那地方尖子貨全用過了，還說：'這是什麼鬼地方，女人都是尿脬做成的，要不得。一身白得像灰麵，鬆塌塌的，一點兒無意思，還裝模作態，這樣那樣。'你猜猜花多少錢。四十塊一夜，除王八外快不算數。你說，年青人出外胡鬧不得，我問你，我們哥子們想胡鬧，成不成？一個月七塊六，伙食三塊三除外還剩多少？不剃頭，不洗衣，留下錢來一年還不夠玩一次，我的伯伯，你就讓我胡鬧我從哪裡鬧起！"

另一高個兒將爺說：

"五爺人倒好，這門路不像四爺亂花錢。玩也玩得有分寸，一百八十隨手撒，總還定個數目。"

鴨毛伯伯說：

"牛肉炒韭菜，各人心裡愛。我們五爺花姑娘弄不了他的錢，花骨頭可迷住了他。往年同老太太在城裡住，一夜輸二萬八，頭家跟五爺上門來取話，老太太愛面子，怕五爺丟醜，以後見不得人，臨時要我們從窖裡挖銀子，元寶一對一對刨出來，點數給頭家。還清了債，笑着向五爺說，'上當學乖，下不為例。手氣不好，莫下注給人當活元寶唅，說張家出報應！'"

"別人説老太太是慪氣死的。"

"可不是。花三萬塊錢掙了一個大面子，有涵養也不能不心疼！明明白白五爺上了人的當，啞子吃黃連，怎不生氣？一包氣悶在心中，病了四十天，完了，死了。"

"可是五爺為人有孝心，老太太死時，他辦喪事做了七七四十九天道場，花了一萬六千塊錢，誰不知道這件事！都説老太太心好命好，活時享受不盡，死後還帶了萬千元寶錁子，四十個丫頭老媽子照管箱籠，服侍她老人家一路往西天，熱鬧得比段老太太出喪還人多，執事挽聯一里路長。有個孝子盡孝，死而無憾。"

鴨毛伯伯説：

"五爺怕人笑話，所以做面子給人看。因為老太太生前愛面子，五爺又是過房的，一過來就接收偌大一筆產業。老太太如今歸天了，五爺花錢再多也應該。花了錢，不特老太太有面子，五爺也有面子。人都以為五爺傻，他才真不傻！若不是花骨頭迷心[5]，他有什麼可愁的！"

"不多久在城裡聽説又輸了五千。後來想沖一沖晦氣，要在瀟湘館給那南花湘妃掛衣[6]，六百塊錢包辦一切，還是四爺幫他同那老婊子説妥的。不知為什麼，五爺自己臨時又變卦，去美孚洋行打那三拾一的字牌，一夜又輸八百。六百給那花王開苞[7]他不幹，倒花八百去熬一夜，坐一夜三頂拐轎子，完事時給人開玩笑説：謝謝五爺送禮。真氣壞了四爺。"

"花腳狗不是白面貓，各有各的脾氣。銀子到手嘩喇嘩喇花，你說莫花，這哪成！這些人一事不作偏有錢，錢財像是命裡帶來的。命裡注定它要來，門板擋不住；命裡注定它要去，索子鏈子縛不住。王皮匠撿了錠銀子，睡時搜到懷裡睡，醒來銀子變泥巴。你我是窮人，和黃花姑娘無緣，和銀子無緣，就只和酒有點緣份。我們喝完了這碗酒，再喝一碗罷。貴生，同我們喝一碗，都是哥子弟兄，不要拘拘泥泥。"

貴生不想喝酒，捧了一大包板栗子，到灶邊去，把栗子放在熱灰裡煨栗子吃。且告給鴨毛伯伯，五爺要他上山看桐子，今年桐子特別好，過三天就是白露，要打桐子也是時候了。哪一天打，定下日子，他好去幫忙。看五爺還有不有話吩咐，無話吩咐，他回家了。

鴨毛伯伯去見五爺稟白，"溪口的貴生已經看過了桐子，山向陽，今年霜降又早，桐子全熟了，要撿桐子差不多了。貴生看五爺還有什麼話告他。"

城裡來的四爺正同五爺談卜術相術，說到城裡中街一個楊半痴，如何用哲學眼光推人流年吉凶和命根貴賤，把個五爺說的眉飛色舞。聽說貴生來了，就要鴨毛叫貴生進來有話說。

貴生進院子裡時，擔心把五爺地板弄髒，趕忙脫了草鞋，赤着腳去見五爺。

五爺說，"貴生，你看過了我們南山桐子嗎？今年桐子好的很，城裡油行漲了價，掛牌二十二兩三錢，上海漢口洋行都大進。報上說歐洲整頓海軍，預備世界大戰，買桐油漆大戰艦，要的油多。洋毛子歡喜充面子，不管國家窮富，軍備總不願落人後。仗讓他們打，我們中國可以大發洋財！"

貴生一點不懂五爺說話的用意，只是帶着一點敬畏之忱站在堂屋角上。

鴨毛伯伯打圓兒說，"五爺，我們什麼時候打桐子？"

五爺笑着，"要發洋財得趕快，外國人既等着我們中國桐油油船打仗，還不趕快一點？明天打後天都好。我要自己去看看，就便和四爺打兩隻小毛兔玩。貴生，今年南山兔子多不多。趁天氣好，明天去罷。"

貴生說，"五爺，您老說明天就明天，我家裡燒了茶水，等四爺五爺累了歇個腳。沒有事我就走了。"

五爺說，"你回去罷。鴨毛，送他一斤鹽兩斤片糖，讓他回家。"

貴生謝了謝五爺，正轉身想走出去，四爺忽插口說，"貴生，你成了親沒有。"一句話把貴生問得不知如何回答，望着這退職軍官私慾過度的瘦臉，把頭搖着，只是好笑，他想起幾句流行的話語："婆娘婆娘，磨人大王，磨到三年，嘴尖毛長。"

鴨毛接口說："我們勸他看一門親事，他怕被女人迷住了，不敢辦這件事。"

四爺說，"貴生，你怕什麼？女人有什麼可怕？你那樣子也不是怕老婆的。我和你說，看中了什麼人，儘管把她弄進屋裡來。家裡有個婆娘，對你有好處，你不明白？儘管試試看，不用怕！"

貴生記起剛才在廚房裡幾個人的談話，所以輕輕的話，

“一個人有一個人的命，勉強不來。”隨即同鴨毛走了。

　　四爺向五爺笑着說，“五爺，貴生相貌不錯，你說是不是。”

　　五爺說，“一個大憨子，討老婆進屋，我恐怕他還不會和老婆做戲！”

　　貴生拿了糖和鹽回家，繞了點路過橋頭雜貨舖去看看。到橋頭才知道當家的已進城辦貨去了，只剩下金鳳坐在酒罈邊納鞋底。見了貴生，很有情致的含着笑看了他一眼，表示歡迎。貴生有點不大自然，站在櫃前摸出煙管打火吸煙，藉此表示從容，“當家的快回來了？”

　　金鳳說，“貴生，你也上城了吧，手裡拿的是什麼？”

　　“一斤鹽，兩斤糖，五老爺送我的。我到圍子裡去告他們打桐子。”

　　“你五老爺待人可好？”

　　“城裡四老爺也來了，還說明天要來山上打兔子……”貴生想起四爺先前說的一番話，咭咭的笑將起來。

　　金鳳不知什麼好笑，問貴生，“四爺是個什麼樣人物。”

　　“一個大軍官，聽說做過軍長、司令官，一生就是歡喜玩，把官也玩掉了。”

　　“有錢的總是這樣過日子，做官的和開舖子的都一樣。我們浦市源昌老闆，十個大木簰從洪江放到桃源縣，一個夜裡這些木簰就完了。”

　　貴生知道這個故事，所以貴生說，“都是女人。”

金鳳臉緋紅，向貴生瞅着，表示抗議，"怎麼，都是女人！你見過多少女人！女人也有好有壞，和你們男子一樣，不可一概而論！"

"我不是說你！"

"你們男的才真壞，什麼四老爺、五老爺，有錢就是大王，糟蹋人，不當數……"

其時，正有三個過路人，過了橋頭到舖子前草棚下，把擔子從肩上卸下來，取火吸煙，看有什麼東西可吃。買了一碗酒，三人共同用包穀花下酒。貴生預備把話和金鳳接下去，不知如何說好。三個人不即走路，他就到橋下去洗手洗腳。過一陣走上來時，見三人正預備動身，其中一個頂年青的，打扮得像個玩家，很多情似的，向金鳳睄着個眼睛，只是笑。掏錢時故意露出扣花抱肚上那條大銀鏈子，且自言自語說，"銀子千千萬，難買一顆心。易求無價寶，難得有情郎。"三人走後金鳳低下頭坐在酒罈上出神，一句話不說。貴生想把先前未完的話接續說下去，無從開口。

到後看天氣很好，方說，"金鳳，你要栗子，這幾天山上油板栗全爆口了。我前天裝了個套機，早上去看，一隻松鼠正拱起個身子，在那木板上嚼栗子吃，見我來了不慌不忙的一溜跑去，好笑。你明天去撿栗子吧，地下多得是！"

金鳳不答理，依然為剛才過路客人幾句輕薄話生氣。貴生不大明白，於是又說，"你記不記得有一年在我砂地上偷栗子，不是跑得快，我會打斷你的手！"

金鳳說，"我記得，我不跑。我不怕你！"

貴生説，"你不怕我，我也不怕你！"

金鳳笑着，"現在你怕我……"

貴生好像懂得金鳳話中的意思，向金鳳瞇瞇笑，心裡回答説，"我一定不怕。"

毛伙割了一大擔草回來了，一見貴生就叫喚，"貴生，你不説上山割草嗎？"

貴生不理會，卻告給金鳳，在山上找得一大堆八月瓜，她想要，明天自己去拿，因為明天打桐子，他上山去幫忙，五爺四爺又説要來趕兔子，恐怕沒空閒。

貴生走後毛伙説，"金鳳，這憨子，人大空心小。"

金鳳説，"莫亂説，他生氣時會打扁你。"

毛伙説，"這種人不會生氣。我不是錫酒壺，打不扁。"

第二天，天一亮，貴生帶了他的鐮刀上山去。山腳霧氣平鋪，猶如展開一片白毯子，越拉越寬，也越拉越薄。遠遠的看到張家大圍子嘉樹成蔭，幾株老白果樹向空挺立，更顯得圍子裡正是家道興旺。一切都像浮在雲霧上頭，飄渺而不固定。他想圍子裡的五爺四爺，説不定還在睡覺做夢，夢裡也是五魁八馬，白板紅中！

可是一會兒田塍上就有馬項鈴喤哴喤哴響，且聞人語嘈雜，原來五爺四爺居然趕早都來了。貴生慌忙跑下坡去牽馬。來的一共是十二個男女工，四個跟隨，還有幾個圍子裡撿荒的小孩子。大家一到地即刻就動起手來，從頂上打起，有的爬樹，有的用竹竿巴巴的打，草裡泥裡到處滾着那種紫

紅果子。

　　四爺五爺看了一會兒，也各撈一根竹竿打了幾下，一會兒就厭煩了，要貴生引他們到家裡去。家裡灶頭鍋裡的水已沸騰，鴨毛給四爺五爺沖茶喝。四爺見屋角斗笠裡那一堆八月瓜，拿起來只是笑。

　　“五爺，你瞧這像個什麼東西？”

　　“四爺，你真是孤陋寡聞，八月瓜也不認識。”

　　“我怎麼不認識？我說它簡直像……”

　　貴生因為預備送八月瓜給金鳳，耳聽到四爺說了那麼一句粗話，心裡不自在，順口說道：

　　“四爺五爺歡喜，帶回去吃罷。”

　　五爺取了一枚，放在熱灰裡煨了一會兒，撿出來剝去那層黑色硬殼，挖心吃了。四爺說那東西膩口甜不吃，卻對於貴生家裡一支釣魚竿稱讚不已。

　　四爺因此從釣魚談起，溪裡，河裡，江裡，海裡以及北方蘆田裡釣魚的方法如何不同，無不談到。忽然一個年輕女人在籬笆邊叫喚貴生，聲音又清又脆。貴生趕忙跑出去，一會兒又進來，抱了那堆八月瓜走了。

　　四爺眼睛尖，從門邊一眼瞥見了那女的白首帕，大而烏光的髮辮，問鴨毛“女人是誰”。鴨毛說：“是橋頭上賣雜貨浦市人的女兒。內老闆去年熱天回娘家吃喜酒，在席面上害蛇鑽心病死掉了，就只剩下這個小毛頭，今年滿十六歲，名叫金鳳。其實真名字倒應當是‘觀音’！賣雜貨的大約看中了貴生，又憨又強一個好幫手，將來會承繼他的家業。貴生倒還拿不定主意，等風向轉。真是白等。」

　　四爺說，「老五，你真是宣統皇帝，住在紫禁城傻吃傻喝，圍子外什麼都不知道。山清水秀的地方一定地貴人賢，為什麼不⋯⋯」

　　鴨毛搭口說，「算命的說女人八字重，克父母，壓丈夫，所以人都不敢動她。貴生一定也怕克⋯⋯」正說到這裡，貴生回來了，臉龐紅紅的，想說一句話可不知說什麼好，只是搓手。

　　五爺說，「貴生，你怕什麼？」

　　貴生先不明白這句話意思所指，茫然答應說，「我怕精怪。」

　　一句話引得大家笑將起來，貴生也笑了。

　　幾人帶了兩隻瘦黃狗，去荒山上趕兔子，半天毫無所得。晌午時又回轉貴生家過午。五爺問長工今年桐子收多少，知道比往年好，就告給鴨毛，分三擔桐子給貴生酬勞，和四爺騎了馬回圍子去了。回去本不必從溪口過身，四爺卻出主張，要五爺同他繞點路，到橋頭去看看。在橋頭雜貨舖買了些吃食東西，和那生意人閒談了好一陣，也好好的看了金鳳幾眼，才轉回圍子。

　　回到圍子裡四爺又嘲笑五爺，以為在圍子裡作皇帝，真正是不知民間疾苦。話有所指，五爺明白意思。

　　五爺說，「四爺你真是，說不得一個人還從狗嘴裡搶肉吃。」

　　四爺在五爺肩頭打了一掌說，「老五，別說了。我若是你，我就不像你，一塊肥羊肉給狗吃。你不看見：眉毛長，眼睛光，一隻畫眉鳥，打雀兒！"

五爺只是笑，再不說話。一個人有一個人的分定，五爺歡喜玩牌，自己老以為輸牌不輸理，每次失敗只是牌運差，並非功夫不高。五爺笑四爺見不得女人，城市裡大魚大肉吃厭了，注意野味。

這方面發生的事貴生自然全不知道。

貴生只知道今年多得了三擔桐子，撿荒還可得兩三擔，家裡有五六擔桐子漚在床底下，一個冬天夜裡夠消磨了。

日月交替，屋前屋後狗尾巴草都白了頭在風裡搖。大路旁刺梨一球球黃得像金子，已退盡了澀味，由酸轉甜。貴生上城賣了十多回草，且賣了幾籃刺梨給官藥舖，算算日子，已是小陽春的十月了。天氣轉暖了一點，溪邊野桃樹有開花的。雜貨舖一到晚上，毛伙就地燒一個樹根，火光熊熊，用意像在向鄰近住戶招手，歡迎到橋頭來，大家向火談天。在這時節畜牲草料都上了垛，穀糧收了倉，紅薯也落了窖，正好是大家休息休息的時候，所以日裡晚上都有人在那裡。晚上尤其熱鬧，因為間或還有告假回家的兵士和大興場販朱砂的客人到雜貨舖來述說省裡新聞，天上地下說來無不令眾人神往意移。

貴生到那裡，照例坐在火旁不大說話，一面聽他們說話，一面間或瞟金鳳一眼。眼光和金鳳眼光相接時，血行就似乎快了許多。他也幫杜老闆作點小事，也幫金鳳作點小事。落了雨，舖子裡他是唯一客人時，就默默的坐在火旁吸旱煙，聽杜老闆在美孚燈下打算盤滾賬，點數餘存的貨物。貴生心中的算盤珠也扒來扒去，且數點自己的家私。他知道城裡的油價好，二十五斤油可換六斤棉花兩斤板鹽。他今年有好幾擔桐子，真是一注小財富！年底魚呀肉呀全有了，就只差個人。有時候那老闆把賬結清了，無事可做，便從酒罈間找出一本紅紙面的文明曆書，來唸那些附在曆書下的"酬世大全"，"命相神數"。一排到金鳳八字，必說金屬八字怪，斤兩重，不是"夫人"就是"犯人"，克了娘不算過關，後來事情多。金鳳聽來只是抿着嘴笑。

或者正說起這類事，那雜貨舖老闆會突然發問："貴生，你想不想成家？你要討老婆，我幫你忙。"

貴生瞅着面前向上的火焰說，"老闆，你說真話假話？誰肯嫁我！"

"你要就有人。"

"我不信。"

"誰相信天狗咬月亮？你儘管不信，到時天狗還是把月亮咬了，不由人不信。我和你說，山上竹雀要母雀，還自己唱歌去找。你得留點心，學'歸歸紅，歸歸紅'，'婆婆酒醉，婆婆酒醉歸！'"〔8〕

話把貴生引到路上來了，貴生心癢癢的，不知如何接口說下去，於是也學杜鵑叫了幾聲。

毛伙間或多插一句嘴，金鳳必接口說，"貴生，你莫聽癲子的話，他亂說。他說會裝套捉狸子，捉水獺，在屋後邊裝好套，反把我那隻花貓捉住了。"金鳳說的雖是毛伙，事實卻在用毛伙的話，岔開那杜掌櫃提出的問題。

半夜後，貴生晃着個火把走回家去，一面走一面想，賣雜貨的也在那裡裝套，捉女婿，不由得不咕咕笑將起來。一個存心裝套，一個甘心上套，事情看來也就簡單。困難不在人事在人心。貴生和一切鄉下人差不多，心上也有那麼一點兒迷信。女的臉兒紅中帶白，眉毛長，眼角向上飛，是個"克"相；不克別人得克自己，到十八歲才過關！因這點迷信他稍稍退後了一步，雜貨商人裝的套不靈，不成功了。可是一切風總不會老向南吹，終有個轉向時。

一天落大雨，貴生留在家裡搓了幾條草繩子，扒開床下漚的桐子看看，色已變黑，就倒了半籮桐子剝，一面剝桐子一面卻想他的心事。不知哪一陣風吹換了方向，他忽然想起事情有點兒險。金鳳長大了，心竅子開了，毛伙隨時都可以變成金鳳的人。此外在官路上來往賣豬攀鄉親的浦市人，上貴州省販運黃牛收水銀的辰州客人，都能言會說，又捨得花錢，在橋頭過身，有個見花不採？閃不知把女人拐走了，那才真是"莫奈何"！人總是人，要有個靠背，事情辦好大的小的就都有了靠背。他想的自然簡單一點，粗俗一點，但結論卻得到了，就是熱米打粑粑，一切得趁早，再耽誤不得。

他預備第二天上城去同那舅舅商量商量。

貴生進城去找他的舅舅。恰好那大戶人家正辦席面請客，另外請有大廚子掌鍋，舅舅當了二把手，在門板上切腰花。他見舅舅事忙，就留在廚房幫同理葱剝毛豆。到了晚上，把席面撤下時，已經將近二更，吃了飯就睡了。第二天那家主人又要辦什麼婆婆粥，魚呀肉呀煮了一鍋，又忙了一整天，還是不便談他的事情。第三天舅舅可累病了。貴生到測字攤去測字，為舅舅拈的是一個"爽"字，自己拈了一個"回"字。測字的說，"人逢喜事情神爽，若問病，有喜事病就會好。"又說"回字喜字一半，吉字一半，可是言字也是一半。"要辦的事趕早辦好，遲了恐不成。他覺得話有道理。

回到舅舅身邊時，就說他想成親了，溪口那個賣雜貨的女兒身家正派，為人賢惠，可以做他的媳婦。她幫他餵豬割草好，他幫她推磨打豆腐也好。只要他開口，可拿定七八成。掌櫃的答應了，有一點錢就可以趁年底圓親，多一個人吃飯，也多一個人補衣捏腳，有壞處，有好處，特來和舅舅商量商量。

那舅舅聽說有這種好事，豈有不快樂道理。他連年積下了二十塊錢，正拿不定主意，不知道把它預先買副棺木好，還是買幾隻小豬託人餵好。一聽外甥有意接媳婦，且將和賣雜貨的女兒成對，當然一下就決定了主意，把錢"投資"到這件事上來了。

"你接親要錢用，我幫你一點錢。"廚子起身把存款全部從床腳下泥土裡掏出來後，就放在貴生面前，"你要用，你拿去用。將來養了兒子，有一個算我的小孫子，逢年過節燒三百錢紙，就成了。"

貴生吃吃的說，"我不要那麼些錢，開舖子的不會收我財禮的！"

"怎麼不要？他不要你總得要。說不得一個窮光棍打虎吃風，沒有吃時把褲帶緊緊。你一個人草裡泥裡都過得去，兩個人可不成！人都有個面子，討老婆就得養老婆，養孩子，不能靠橋頭杜老闆，讓人說你吃裙帶飯。錢拿去用，舅舅的就是你的。"

兩人商量好了，貴生上街去辦貨物。買了兩丈官青布，兩丈白布，三斤粉條，一個豬頭，又買了些香燭紙張，一共花了將近五塊錢。東西辦好，貴生高高興興帶了東西回溪口。

出城時碰到兩個圍子裡的長工，挑了籮筐進城，貴生問他們趕忙進城有什麼要緊事。

一個長工說："五爺不知為什麼心血來潮，派我們辦貨！好像接媳婦似的，開了好長一張單子，一來就是一大堆！"

貴生說，"五爺也真是五爺，人好手鬆，做什麼事都不想想。"

"真是的，好些事情不想想就做。"

"做好事就升天成佛，做壞事可教別人遭殃。"

長工見貴生辦貨不少，帶笑說，"貴生，你樣子好像要還願，莫非快要請我們吃喜酒了？"

另一個長工也說，"貴生，你一定到城裡發了洋財，買那麼大一個豬頭，會有十二斤罷。"

貴生知道兩人是打趣他，半認真半說笑的回答道，"不多不少，一個豬頭三斤半，正預備燜好請哥們喝一杯！"

　　分手時一個長工又説，"貴生，我看你臉上氣色好，一定有喜事不説，瞞我們。"

　　幾句話把貴生説的心裡輕輕鬆鬆的。

　　貴生到晚上下了決心，去溪口橋頭找雜貨舖老闆談話。到那裡才知道杜老闆不在家，有事去了。問金鳳父親什麼地方去了，什麼時候回來，金鳳卻神氣淡淡的説不知道。轉問那毛伙，毛伙説老闆到圍子裡去了，不知什麼事。貴生覺得情形有點怪，還以為也許兩父女吵了嘴，老的賭氣走了，所以金鳳不大高興。他依然坐在那條矮凳上，用腳去撥那地炕的熱灰，取旱煙管吸煙。

　　毛伙忍不住忽然失口説："貴生，金鳳快要坐花轎了！"

　　貴生以為是提到他的事情，眼瞅着金鳳説，"不是真事吧？"

　　金鳳向毛伙盯了一眼，"癲子，你胡言亂説，我縫你的嘴！"

　　毛伙萎了下來，向貴生憨笑着，"當真縫了我的嘴，過幾天要人吹嗩吶可沒人。"

　　貴生還以為金鳳怕難為情，把話岔開説，"金鳳，我進城了，在我舅舅那裡住了三天。"

　　金鳳低着個頭，神氣索漠的説："城裡好玩！"

　　"我去城裡有事情。我和舅舅打商量……"他不知怎麼説下去好，於是轉口向毛伙，"圍子裡五爺又辦貨要請客人。"

　　"不止請客……"

　　毛伙正想説下去，金鳳卻借故要毛伙去瞧瞧那鴨子柵門

關好了沒有。

坐下來總像是冰鍋冷灶。杜老闆很久還不回來，金鳳說話要理不理。貴生看風頭不大對，話不接頭。默默的吹了幾筒煙，只好走了。

回到家裡從屋後搬了一個樹根，撈了一把草，堆地上燒起來，撿了半籮桐子，在火邊用小剁刀剁桐子。剁到深夜，總好像有東西咬他的心，可說不清楚是什麼。

第二天正想到橋頭去找雜貨商人談話，一個從圍子裡來的人告他說，圍子裡有酒吃，五爺納寵，是橋頭浦市人的女兒。已看好了日子，今晚進門，要大家殺黑前去幫忙，抬轎子接人！聽到這消息，貴生好像頭上被一個人重重的打了一悶棍，呆了半天轉不過氣來。

那人走後，他還不大相信，一口氣跑到橋頭雜貨舖去，只見杜老闆正在櫃台前低頭用紅紙封賞號。

那雜貨舖商人一眼見是貴生，笑眯眯的說：“貴生，你到什麼地方去了？好幾天不見你，我們還以為你做薛仁貴當兵去了。”

貴生心想，“我還要當土匪去！”

雜貨舖商人又說，“你進城好幾天，看戲了罷。”

貴生站在外邊大路上結結巴巴的說，“大老闆，大老闆，聽人說你家有喜事，是真的吧？”

杜老闆舉起那些小包封說，“你看這個。”一面只是笑，事情不言而喻。

貴生聽橋下有人捶衣，知道金鳳在橋下洗衣，就走近橋欄杆邊去，看見金鳳頭上孝已撤除，一條烏光辮子上簪了一朵小小紅花，正低頭捶衣。貴生説：「金鳳，你有大喜事，賀喜，賀喜！」金鳳頭也不抬，停了捶衣，不聲不響。貴生從神情上知道一切都是真的，自己的事情已完全吹了，完了，一切都完了。再説不出話，對那老闆狠狠看了一眼，拔腳走了。

晚半天，貴生依然到圍子裡去。

貴生到圍子裡時，見五老爺穿了件春綢薄棉袍子，外罩件藍緞子夾馬褂，正在院子裡督促工人紮喜轎，神氣異常高興。五爺一見貴生就説，「貴生，你來了，很好。吃了沒有？廚房裡去喝酒罷。」又説，「你生庚屬什麼？屬龍晚上幫我抬轎子，過溪口橋頭上去接新人。屬虎就不用去，到時避一避！」

貴生呆呆怯怯的説，「我屬虎，八月十五寅時生，犯雙虎。」説後依然如平常無話可説時那麼笑着，手腳無放處。看五爺分派人作事，紮轎杆的不當行，走過去幫了一手忙。到後五爺又問他喝了沒有，他不作聲。鴨毛伯伯換了一件新毛藍布短衣，跑出來看轎子，見到貴生，就拉着他向廚房走。

廚房裡有五六個長工坐在火旁矮板凳上喝酒，一面喝一面説笑。因為都是派定過溪口上接親的人，其中有個吹嗩吶的，臉喝得紅都都的，説「杜老闆平時為人慷慨大方，到那裡時一定請我們吃城裡帶來的嘉湖細點，還有包封。」

另一個長工説，「我還欠他二百錢，記在水牌上，真怕

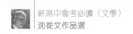

見他。"

　　鴨毛伯伯接口打趣他，"欠的賬那當然免了，你抬轎子小心點就成了。"

　　一個毛鬍子長工說，"你們抬轎子，看她哭多遠，過了大青樹還像貓兒那麼哭，要她莫哭了，就和她說，大姐，你再哭，我就抬你回去！她一定不敢再哭。"

　　"她還是哭你怎麼樣？"

　　"我當真抬她回去。"

　　所有人都哄然大笑起來。

　　吹嗩吶的會說笑話，隨即說了一個新娘子三天回門的粗糙笑話，裝成女子的聲音向母親訴苦："娘，娘，我以為嫁過去只是服侍公婆，承宗接祖，你哪想到小夥子人小心壞，夜裡不許我撒尿！"大家更大笑不止。

　　貴生不作聲，咬着下唇，把手指骨捏了又捏，看定那紅臉長鼻子，心想打那傢伙一拳。不過手伸出去時，卻端起了土碗，嘓嘟嘟喝了半碗燒酒。

　　幾個長工打賭，有的以為金鳳今天不會哭，有的又說會哭，還說看那一雙水汪汪的眼睛就是會哭的相。正亂着，院中另外那幾個紮轎子的也來到廚房，人一多話更亂了。

　　貴生見人多話多，獨自走到倉庫邊小屋子裡去。見有隻草鞋還未完工，就坐下來搓草編草鞋。心裡實在有點兒亂，不知道怎麼好。身邊還有十六塊錢，緊緊的壓在腰板上。他無頭無緒想起一些事情。三斤粉條，兩丈官青布，一個豬頭，有什麼用？五斛桐子送到姚家油坊去打油，外國人大船大炮到海裡打大仗，要的是桐油。賣紙客人做眉弄眼，"易求無價寶，難得有情郎"，有情郎就來了。四老爺一個月玩八個辮子貨，還説婦人身上白得像灰麵，無一點意思。你個做官的！……

看看天已快夜了。

院子裡人聲嘈雜，吹嗩吶的大約已經喝個六分醉，把嗩吶從廚房吹起，一直吹到外邊大院子裡去。且聽人喊燃火把放炮動身。兩面銅鑼鎧鎧的響着，好像在説，我們走，我們走，我們快走！不一會兒，一隊人馬果然就出了圍子向南走去了。去了許久還可聽到接親隊伍傍着小山坡邊走去時那一點嗩吶嗚咽聲音。貴生過廚房去看看，只見幾個女的正在預備湯果。鴨毛伯伯見貴生就説，"貴生，我還以為你也去了。幫我個忙挑幾擔水罷。等會兒還要水用。"

貴生擔起水桶一聲不響走出去。院子裡燒了幾堆油柴，正屋裡還點了蠟燭，掛了塊紅。住在圍子裡的佃戶人家婦女小孩都站在院子裡，等新人來看熱鬧。貴生挑水走捷徑必從大門出進，卻寧願繞路，從後門走。到井邊挑了七擔水，看看水平了缸，才歇手過灶邊去烘草鞋。

陰陽生排八字女的屬鼠，宜天斷黑後進門，為免得與家中人不合，凡家中命分上屬大貓小貓到轎子進門時都得躲開。鴨毛伯伯本來應當去打發轎子接人的。既得迴避，因此估計新人快要進圍子時，就邀貴生往後面竹園子去看白菜蘿蔔，一面走一面談話。

"貴生，一切真有個命定，勉強不來。看相的説鄧通是餓死的相，皇帝不服氣，送他一座銅山，讓他自己造錢，到後還是餓死。城裡王財主，原本挑擔子賣餃餌營生，氣運來了，住身在那個小廟裡，牆倒坍了，兩夫婦差點兒壓死，待到兩人從泥灰裡爬出來一看，原來牆裡有兩罎銀子，從此就起了家……不是命是什麼！橋頭上那雜貨舖小丫頭，誰料到會作我們圍子裡的人？五爺是讀書人，懂科學，平時什麼都不相信，除了洋鬼子看病，照什麼‘挨挨試試’光，此外都不相信。上次進城一輸又是兩千，被四爺把心說活了。四爺說，‘五爺，你玩不了，手氣痞，再玩還是輸。找個“原湯貨”來沖一沖運氣看，保準好。城裡那些毛母雞，誰不知道用豬腸子灌雞血，到時假充黃花女。鄉下有的是人，你想想看。’五爺認真了，湊巧就看上了那雜貨舖女兒，一說就成，不是命是什麼。”

貴生一腳踹到一個爛筍瓜上頭，滑了一下，輕輕的罵自己，“鬼打岔，眼睛不認貨！”

鴨毛伯伯以為話是罵杜老闆女兒，就說，“這倒是認貨不認人！”

鴨毛伯伯接着又說，“貴生，說真話，我看雜貨舖杜老闆和那丫頭先前對你倒很有心，旁觀者清，當局者迷，你還不明白。其實只要你好意思親口提一聲，天大的事定了。天上野鴨子各處飛，撈到手的就是菜，二十八宿鬧昆陽，陣勢排好了，先下手為強，後下手遭殃。你不先下手，怪不得人！”

貴生說，“鴨毛伯伯，你說的是笑話。”

　　鴨毛伯伯説，"不是笑話！一切是命，半點不由人。十
天以前，我相信那小丫頭還只打量你同她倆在橋頭推磨打豆
腐！"説的當真不是笑話，不過説到這裡，為了人事無常，
鴨毛伯伯卻不由得不笑起來了。

　　兩人正向竹園坎上走去，上了坎，遠遠已聽到嗩吶嗚嗚
咽咽的聲音，且聽到炮竹聲，就知道新人的轎子來了。圍子
裡也驟然顯得熱鬧起來。火炬都點燃了，人聲雜遝。一些應
當避開的長工，都説説笑笑跑到後面竹園來，有的還毛猴一
樣爬上大南竹去眺望，看人馬進了圍子沒有。

　　嗩吶越來越近，院子裡人聲雜亂起來了，大家知道花轎
已進營盤大門，一些人先雖怕冲犯，這時也顧不得了，都趕
過去看熱鬧。

　　三聲大炮放過後，嗩吶吹"天地交泰"，拜天地祖宗，
行見面禮，一會兒嗩吶吹完了，火把陸續熄了，鴨毛伯伯知
道人已進門，事已完畢，拉了貴生回廚房去，一面告那些拿
火把的人小心火燭。廚房裡許多人都在解包封，數紅紙包封
裡的賞錢，爭着倒熱水到木盆裡洗腳，一面説起先前一時過
溪口接人，杜老闆發現時如何慌張的笑話。且説杜老闆和癩
子一定都醉倒了，免得想起女兒今晚上事情難受。鴨毛伯伯
重新給年青人倒酒，把桌面擺好，十幾個年青長工坐定時，
才發現貴生已溜了。

　　半夜裡，五爺正在雕花板床上細麻布帳子裡擁了新人做
夢，忽然圍子裡所有的狗都狂叫起來。鴨毛伯伯起身一看，
天角一片紅，遠處起了火。估計方向遠近，當在溪口邊上，

一會兒有人急忙跑到圍子裡來報信，才知道橋頭雜貨舖燒了，同時貴生房子也走了水。一把火兩處燒，十分蹊蹺，詳細情形一點不明白。

鴨毛伯伯匆匆忙忙跑去看火，先到橋頭，火正壯旺，橋邊大青樹也着了火，人只能站在遠處看。杜老闆和癲子是在火裡還是走開了，一時不能明白。於是又趕過貴生處去，到火場近邊時，見有好些人圍着看火，誰也不見貴生，人是燒死了還是走了，說不清楚。鴨毛用一根長竹子向火裡搗了一陣，鼻子盡嗅着，人在火裡不在火裡，還是弄不出所以然。人老成精，他心中明白這件事，火是怎麼起的，一定有個原因。轉圍子時，半路上正碰着五爺和那新姨。五爺說，"人燒壞了嗎？"

鴨毛伯伯結結巴巴的說，"這是命，五爺，這是命。"回頭見金鳳正哭着，心中卻說，"丫頭，做小老婆不開心？回去一索子吊死了吧，哭什麼？"

幾人依然向起火處跑去。

一九三七年二月作，五月改作──北平。

題解

這篇小說寫的是命運。

貴生是一個單身漢子，以砍柴割草為生，活得很硬朗自重。他常去城裡賣柴賣草，就把錢換點應用東西。他買了豬頭、掛在柴灶上燻乾。半夜裡點了火把，用鐮刀砍了十幾條大鯉魚，也揉了鹽風得乾乾的。

"兩手一肩,快樂神仙。"

橋頭有個浦市人姓杜的開的小雜貨舖。雜貨舖的地點很好。門外有三棵大青樹,夏天特別涼快。冬天在亭子裡燒了樹根和油枯餅,火光熊熊,引得過路人一邊買東西,一邊就火邊抽煙談話,杜老闆人緣很好。

貴生常到小舖裡來坐坐,和舖子裡大小都合得來。杜老闆有個女兒名叫金鳳。貴生對金鳳很好。山上多的是野生瓜果,栗子榛子不出奇,三月裡給她摘大莓,八九月還有本地特有的,樣子像乾海參,飄白如玉如雪的八月瓜,尤其逗那女孩子喜歡。

杜老闆有心把金鳳許給貴生,招婿上門,影影綽綽,旁敲側擊地和貴生提過。貴生知道杜老闆是在裝套子捉女婿,但是拿不定主意是不是往套子裡鑽。貴生有點迷信:女的臉兒紅中帶白,眉毛長,眼角向上飛,是個"剋"相,不剋別人得剋自己,到十八歲才過關。金鳳今年滿十六歲,貴生往後退了一步,決定暫時不上套。

但是他又想,一切風總不會老向南吹,不定什麼時候杜老闆改變主意,也說不定一個販運黃牛、水銀的貴州客人會把金鳳拐走,這件事還得熱米打粑粑,得快。貴生上街辦了一點貨,準備接親。

這一帶二里之內的山頭都歸張家管業。山上種着桐子樹。張家非常有錢,兩弟兄——四老爺、五老爺都極其荒唐。四爺好嫖,把一個實缺旅長都嫖掉了。五爺好賭,一夜能輸幾百上千大洋。四爺勸五爺,不能這樣老輸,勸他弄一個"原湯貨"沖一沖晦氣。

桐子熟了,四爺、五爺帶着長工夥計上山打桐子。

回來的時候路過杜家舖子,進去坐坐,四爺一眼看見金鳳,對五爺說:"眉毛長,眼睛光,一隻畫眉鳥,打雀兒!"

五爺要娶金鳳做小。

貴生聽到別人議論,好像挨了一悶棍。

他問杜老闆："聽說你家有喜事，是真的吧？"

他去找金鳳，金鳳正在橋下洗衣。他見金鳳已經除了孝（她原來戴着娘的孝），烏光的大辮子上插了一朵小紅花。一切都完了。

半夜裡，忽然圍子裡的狗都狂叫起來，天邊一片紅，着火了。有人急忙到圍子裡來報信：橋頭雜貨舖燒了；貴生的房子也走了水。一把火兩處燒，十分蹊蹺。

鴨毛伯伯心裡有點明白：火是貴生放的。

貴生一肚子怨氣，他只有用這活辦法來洩憤。

鴨毛回頭見金鳳哭着，心裡說："丫頭，做小老婆不開心？回去一索子吊死了吧，哭什麼！"

鴨毛對金鳳的責備有欠公平。金鳳曾經對貴生說過："什麼四老爺、五老爺，有錢就是大王，糟蹋人，不當數……"她今天就被糟蹋了！這事大概是老子做的主，但從辮子上的那朵小紅花，可以想見她是點了頭的。你叫她有什麼辦法呢？一隻眉毛長，眼睛光的畫眉鳥，在這二里內，是逃不出老爺的手心的！

┃注釋┃

〔1〕王大娘補缸匠：《鋸大缸》是一齣武打神怪戲。旱魃化為王大娘，取死人噎食罐化為黃磁缸，用以抵禦雷劫。後為巨靈神撞裂。王大娘找人補缸。觀音乃遣土地幻化為補缸匠人，假作修鋸，故意將王大娘的缸打破。

〔2〕賣柴耙的程咬金：故事見《隋唐演義》程咬金沒有發跡的時候，曾靠賣柴耙（此字正寫應作"笆"）為生，此劇即演此事。

〔3〕油枯餅：油料植物的子實，經榨油後剩下的殘渣，一般成餅狀。

〔4〕塍：田地間較寬的路界，這是湖南特有的說法。

〔5〕花骨頭迷心：花骨頭指麻將牌。但這位五老爺是什麼牌都賭的。

如 "字牌" 是紙製的，並非 "花骨頭"。

〔6〕〔7〕 "掛衣"、"開苞"，都是花錢使妓女第一次接客的意思。

〔8〕杜鵑和竹雀鳴叫聲——作者注。

▎賞析▎

這是一個悲劇，但沈先生有意寫得很輕鬆。

貴生是一個知足的人，活得無憂無慮。他認為什麼都很有意思。土坎上的芭茅草開着白花，在風裡搖，彷彿向人招手，說："來，割我，乘天氣好磨快你的刀，快來割我，挑進城裡去，捌百錢擔，換半斤鹽好，換一斤肉也好，隨你的意！"

貴生打算結親了，他做了一點簡單而又平常的夢：把金鳳接過來，他幫她割草餵豬，她幫他在橋頭打豆腐。就是這點簡單平常的夢，也被五老爺打破了。

這篇小說的特點是人物比較多，對話也比較多。長工、僕人一邊喝酒，一邊閒聊。他們所說的話題除了一些關於新娘子出嫁的一些粗俗笑話之外，主要是對 "命" 的看法。四爺的狂嫖，五爺的濫賭，他們都認為是命裡帶來的。鴨毛伯伯對 "命" 有一番精闢議論："花腳狗不是白面貓，各有各的脾氣。銀子到手嘩喇嘩喇花，你說莫花，這哪成！這些人一事不作偏有錢，錢財像是命裡帶來的。命裡注定它要來，門板擋不住；命裡注定它要去，索子鏈子縛不住。……你我是窮人，和黃花姑娘無緣，和銀子無緣，就只和酒有點緣份。我們喝了這碗酒，再喝一碗罷。"

這些長工傭人不明白他們的命為什麼不好，這是誰造成的，能不能把自己的命改變改變，怎樣改變？